W0281805

La grange au foin

Antonin Malroux

La grange au foin

ROMAN

Albin Michel

1

Les Colombières ! Ici, tout chante et vit par les couleurs de la campagne. Quelques bâtisses ont poussé là par la volonté des hommes, leur désir aussi de vivre dans ce lieu singulier, au cœur de l'Auvergne.

Ici, tout respire l'ordre et la paix.

Les anciens racontent qu'autrefois, des chasseurs, fort nombreux en ce temps-là et habitués à attendre le passage des palombes dans le bois qui occupait la place de ce hameau, décidèrent de l'appeler « les Colombières ». Ainsi fut fait, même si « Palombières » eût été plus juste.

Ce hameau fait désormais partie de la commune de Boisset-le-Château dont le château fut détruit lors de la Révolution. Niché au creux d'une vallée grande ouverte, le village possède lui aussi son histoire.

Aux Colombières, deux familles se partagent les terres : les Granevas et les Louvière. Deux familles de paysans dont l'une, plus fortunée que l'autre, se distingue par l'importance de la maison principale : la propriété des Granevas. L'aïeule de la maisonnée, surnommée par tous Mamatie, est connue dans les environs pour sa poigne et son autorité. Son fils Marcel et sa femme Delphine vivent et travaillent à la ferme, avec leurs deux enfants, Serge et Geneviève. Marcel souhaite que sa mère Mamatie annonce enfin la succession, mais elle semble peu pressée de s'en préoccuper. Son domaine, baptisé un jour Les Chèvrefeuilles, croule sous la profusion de cet arbuste à fleurs odorantes qui borde les chemins, les parcelles et les jardins.

Toute proche, la ferme des Louvière, plus modeste mais gérée de main de maître par Anselme et Marie Louvière, n'abrite pas d'enfants. Pourtant il y avait toujours eu des enfants dans cette famille, placés par l'Assistance publique, les uns succédant aux autres selon les directives de l'État ou le comportement des jeunes. Marie n'avait pas pu avoir d'enfant et quand le médecin l'avait informée de cette chose irréversible, elle avait eu très peur que son homme la quitte. Mais Anselme l'avait rassurée d'une phrase :

– Des enfants ? Ce n'est pas ce qui manque ! Il suffit de demander à l'Assistance publique, et peut-être qu'un jour, va savoir, on pourra même en adopter un.

Marie pleura beaucoup, pria, tout en se rangeant par la force des choses à l'avis de son homme.

La petite propriété leur venait d'un héritage miraculeux, d'un oncle parti depuis longtemps et mort sans qu'ils en connaissent même l'endroit. L'oncle avait autrefois perdu sa femme en couches ainsi que le bébé et, inconsolable, avait décidé de partir à travers le monde en laissant la jouissance de la ferme à son neveu Anselme Louvière.

Comme tombés du ciel, ces trente-cinq hectares leur

permettaient de vivre au soleil. C'était là leur belle histoire et ils aimaient la raconter.

La maison était de plain-pied, avec un toit de tuiles rouges protégeant un grenier où l'on ne tenait debout qu'au plus haut des charpentes, mais où Anselme avait aménagé une chambre avec le lit sur un côté, éclairée par un châssis à tabatière : la chambre de l'orphelin que Marie voulait toujours propre et bien tenue. Le rez-de-chaussée comprenait la pièce principale avec sa grande cheminée, la souillarde au fond et une grande chambre attenante, celle des Louvière, contre l'escalier conduisant au grenier. De la place pour tous. Contre la maison et bien collé à elle, un ancien four à pain avec son toit en arrondi demeurait intact. On ne s'en servait plus mais on ne le démolirait jamais.

Le potager, avec son puits à l'entrée, ainsi que la maison sur trois côtés étaient entourés de haies de lilas. Il semblait qu'ici, les chèvrefeuilles n'aient pas eu le droit de vivre. Ainsi, cette propriété portait-elle le nom de Lilas. Chèvrefeuilles et Lilas voisinaient harmonieusement, parée tantôt d'or pour l'une, tantôt de mauve pour l'autre, la seconde arborait ses couleurs avant la première. Aquarelle de douceur et de parfums. La grange des Lilas, située au-dessus de l'étable, voisinait avec un hangar en bois ouvert à presque tous les vents. Seul un côté était fermé où se côtoyaient engins agricoles, poulaillers et cages à lapins. Tout proche et dans le prolongement du chemin de terre, s'ouvraient les prés et les champs et, tout au bout, un bosquet mêlait en harmonie des chênes et de nombreux châtaigniers.

Les Louvière se sentaient bien chez eux, et la vie s'écoulait, douce et lente.

Chez les Granevas, la belle maison au toit d'ardoises abritait un rez-de-chaussée et un étage bien aménagé où s'était retirée Mamatie. Cinq personnes plus un journalier au temps des saisons d'été vivaient en ces lieux, et les terres bien cultivées reflétaient leur fierté. Un bâtiment récent avait remplacé la grange, et le matériel moderne scintillait aux yeux de tous.

Aux Colombières, les volailles en liberté envahissaient les terres à l'époque des labours et des moissons. Les coqs s'égosillaient au lever du jour, les chiens aboyaient au passage des étrangers, une vie intense se levait et se couchait avec le soleil, rythmée par les saisons.

Dans les années cinquante, trois enfants égayaient la vie de ces lieux. Frédéric Sainturbain chez les Louvière et Serge et Geneviève Gravenas. Frédéric et Geneviève, nés tous deux en 1937, avaient un an de moins que Serge.

À l'âge de six ans, Frédéric avait été placé chez les Louvière, et trouvait en eux une famille, un nid de tendresse nouveau pour lui. Les trajets vers l'école communale étaient égayés de leurs rires, de leurs cris et parfois de leurs démêlés. Mais les disputes ne duraient guère, Serge, le plus grand, y mettait bon ordre. D'autres écoliers se joignaient à eux et les amitiés naissaient, les petites rivalités aussi, puis les premières jalousies.

L'année du certificat d'études arriva et Geneviève et Frédéric ne purent se départager quant au résultat. Ces deux-là ne se séparaient jamais, ce qui agaçait Serge qui les surveillait sans cesse. Il travaillait avec son père qui lui destinait la ferme, un jour. Geneviève, elle, rêvait d'être vendeuse.

– Profite bien de ces dernières vacances, disaient les Louvière à Frédéric, après il faudra te décider...

Voilà ce qu'entendait aussi Geneviève chez elle.

Les vacances à la ferme ! Un bien grand mot pour ceux qui y vivent. Fenaison et moisson prennent le pas sur les longues journées d'été. Aussi, « ces dernières vacances » se passèrent-elles au travail, et le certif n'apporta-t-il aucun privilège aux jeunes diplômés. « Il aurait fait beau voir que tu ne l'aies pas ! » disait Marcel à sa fille. Cependant qu'Anselme avouait à Frédéric : « Nous n'aurions pas été bien fiers que Geneviève te passe devant, mais enfin, tout s'est bien terminé... »

L'été passa. À la rentrée, les questions sur l'avenir se posèrent de manière plus abrupte. Geneviève entra en apprentissage chez Mme Armékia, l'épicière qui voulut bien la prendre parce qu'elle était sérieuse et recommandée par son instituteur.

Quant à Frédéric, il ne manifestait aucune intention de quitter les Louvière. « Je m'ennuierais trop sans vous, et je souhaiterais continuer à travailler ici, je n'ai que vous... »

Attendris par ces propos et voyant en lui le garçon qu'ils adopteraient peut-être, Anselme et Marie décidèrent de le garder. Ce jeune Frédéric ne leur avait jamais causé le moindre ennui et, même s'ils le montraient peu, surtout Anselme, tous deux s'étaient attachés à lui et voyaient s'épanouir le beau jeune homme qu'il allait devenir.

Ainsi donc, Frédéric ne quitterait pas leur maison.

– Si tu es d'accord, nous travaillerons davantage les

terres, nous supprimerons quelques haies et les bordures des taillis inutiles. Des arbres sont à abattre, nous en tirerons des poutres pour améliorer le hangar…

– Tu vas le décourager, osa protester Marie, il n'a que quatorze ans !

– Je ferai ce que vous me direz de faire, monsieur Anselme, répondit Frédéric.

Et il se révéla habile de ses mains, dans tous les travaux auxquels il participait, tant en charpente, menuiserie, maçonnerie, qu'en bricolage de toutes sortes. Des mains en or !

Anselme trouvait chez ce jeune de la solidité en devenir, oui, c'était bien là sa manière de penser et de dire, il lui trouvait de la force en devenir.

Geneviève et Frédéric se voyaient aussi souvent que possible, ils ne pouvaient se passer l'un de l'autre, et on les voyait passer la main dans la main, comme pour sceller quelque mystérieuse complicité.

De belles années passèrent pour ces deux inséparables. L'idée d'aller au bal ensemble les taquinait de plus en plus et voilà qu'à bientôt 18 ans, la permission leur fut accordée.

Geneviève s'aperçut ce soir-là combien son ami avait de succès auprès des filles, toutes amoureuses de lui, quitte à la bousculer pour s'en approcher. Mais Frédéric, devenu un magnifique jeune homme, ne se souciait aucunement d'elles. Il pouvait danser avec son amie jusqu'au bout de la nuit et même chanter quand l'orchestre le lui demandait. Le temps de l'adolescence fuyait devant eux. Et celui de l'âge adulte arriva subitement. Serge s'en aperçut, et sa méfiance se mua bientôt en surveillance et menaces. Mais l'amour avait fait son nid. Les jeunes gens comprirent qu'ils devaient se montrer prudents. Ils se mirent à cacher leur histoire. Pas assez pourtant. Un soir, Serge les surprit dans leurs ébats et vendit la mèche à son père.

Quelques jours plus tard, un inspecteur de l'Assistance publique accompagné de gendarmes prièrent Frédéric de les suivre sur-le-champ. Pétrifié, celui-ci eut juste le temps d'embrasser Marie qui, elle non plus, ne comprenait rien à ce qui arrivait.

À compter de ce jour, personne ne revit Frédéric, ni ne reçut la moindre nouvelle. Anselme Louvière n'apprit qu'une chose par la gendarmerie : une plainte avait été déposée contre le jeune homme pour des motifs si graves que seul un déplacement rapide de l'Assistance publique pouvait lui éviter les pires ennuis. Et nul n'osa s'opposer aux décisions de l'Administration.

Geneviève, au long des jours, guetta anxieusement le facteur.

Chez les Louvière, la pendule ne sonnait plus que des heures cruelles, interminables.

Marie se mit également à attendre l'arrivée d'une lettre, d'un quelconque signe de vie.

Vainement.

Le silence s'allia au temps, et une chape d'incompréhension douloureuse éteignit bientôt l'événement. Puis des rumeurs se mirent à circuler. Médisances et calomnies comblèrent peu à peu le vide laissé par l'absence. Jusqu'à salir le souvenir laissé par Frédéric Sainturbain.

2

Paris, 1980.

Dans un recoin de l'arrière-salle du bistrot, Frédéric Sainturbain comptait la recette du jour, et sur son visage le sourire en disait long. La rigueur qu'il mettait à diriger ses affaires, dont le café-bar : Premier, allait de pair avec sa réussite.

Autour de lui, ses trois garçons de café conversaient à voix basse en mettant de l'ordre dans la salle, pressés de rentrer chez eux pour échapper à l'atmosphère enfumée du café.

– Ça n'a pas désempli de la soirée ! Ils seraient bien restés là toute la nuit, chuchota l'un d'eux.

– La recette est bonne, t'as vu le sourire du patron ? Plein les poches qu'il s'en met !

– Si ça marche pour lui, ça marche aussi pour nous, reprit le troisième. La Juliette arrivera bientôt à ses fins, depuis qu'elle l'attend, elle finira bien par l'avoir son homme ! Elle est déjà responsable du deuxième café, ce n'est pas si mal !

– Responsable peut-être, mais Monsieur Frédéric

arrête la caisse tout seul et ça, ce n'est pas bon signe pour elle !

Et tous trois de rire sous cape.

Le café, à l'enseigne « Premier », avait été le lieu où Frédéric Sainturbain avait fait ses armes en tant que garçon. Après quelques années il avait pris l'affaire en gérance appointée, puis en gérance libre. Les propriétaires vieillissaient, ils avaient une confiance totale en lui, d'ailleurs jamais démentie, et Monsieur Frédéric – c'est ainsi qu'il souhaitait qu'on l'appelât – prit les rênes de l'affaire. Le minuscule appartement de l'étage avait été sous-loué à l'un des garçons du café, le plus ancien, Gérard, que de nombreux habitués appréciaient. Ainsi, Monsieur Frédéric pouvait-il, avec cette présence, compter sur une surveillance quasi permanente.

Très vite l'affaire dégagea une excellente marge bénéficiaire, si bien que Frédéric le débrouillard put rapidement jeter son dévolu sur un autre établissement. Il avait aimé très tôt se fondre dans ce milieu des affaires, ce monde où régnaient bon nombre d'Auvergnats et où rien ou presque ne se traitait sans leur consentement. D'autre part, le mouvement associatif des Auvergnats de Paris regroupait de nombreuses amicales qui maintenaient fortement les liens autour des traditions, de la langue, du folklore, de l'art de vivre des villages d'Auvergne. Frédéric, on l'avait accepté tel qu'il était, orphelin, avec pour qualité première cet acharnement au travail ; de plus, sa joie et sa bonne humeur dans les diverses réunions et banquets des amicales où il n'était pas le dernier à danser la bourrée ou pousser la chansonnette, l'avaient fait apprécier de tous. Quant aux amourettes, il en avait connu, diversement heureuses, sans leur attacher vraiment d'importance. « J'ai bien le temps de me laisser marier, disait-il. Il y en a sûrement une qui me cherche et que je cherche aussi, mais à ce jour, cette étoile n'a pas encore brillé dans mon ciel ! »

Mais ces propos s'entendaient moins souvent depuis que Juliette, la belle Juliette, était entrée dans sa vie, trois années plus tôt. On aurait pu dire qu'ils vivaient ensemble, si ce n'était qu'il lui avait demandé de conserver son appartement, son modeste deux-pièces. « On ne sait jamais, lui disait-il, s'il m'arrivait je ne sais quoi, tu ne serais pas dehors… » Bien qu'un peu blessée par cette « prudence », Juliette avait accepté cette réserve. Elle ne voulait pas perdre celui qu'elle avait rencontré lors d'un rassemblement des fédérations à Paris, alors qu'elle travaillait comme serveuse dans une brasserie parisienne. Leur idylle paraissait solide et Juliette voyait se profiler un bel avenir en famille dans les affaires.

Frédéric l'avait embauchée à L'Assiette Auvergnate, sa deuxième et importante affaire, un bistrot-restaurant où l'on servait principalement un plat cantalien : la truffade, et un autre plus aveyronnais : l'aligot.

Frédéric avait acheté le fonds de commerce et l'avait développé de manière spectaculaire, tant et si bien que Juliette en était la responsable en l'absence de Frédéric. Au-dessus du commerce, l'appartement ouvrait ses trois fenêtres sur une belle avenue bordée de platanes. Ce n'était pas celui de Juliette, mais elle y vivait avec Frédéric une partie de la semaine. Il y avait toujours ce

« mais » qui lui interdisait l'installation totale, permanente, du moins pour le moment…

Dans cet établissement, cinq personnes se démenaient chaque soir. Juliette avait la responsabilité de la caisse, c'est-à-dire la confiance du patron. À la différence près que seul Frédéric comptait la recette à la fermeture, après celle de Premier. « Un jour ce sera toi qui clôtureras les comptes », lui disait-il. Mais les jours et les mois passaient, et rien ne changeait.

La belle blonde aux yeux bleus maîtrisait son impatience, ou sombrait dans une tristesse qui agaçait fortement Frédéric. Pour lui, ces états d'âme n'avaient pas lieu d'être.

Ce samedi soir, de fort bonne humeur grâce aux recettes de ses deux affaires, Frédéric invita son amie dans un restaurant du quartier, côté Bastille, un établissement pour couche-tard, et retint une table par téléphone.

– Demain dimanche, nous pourrons faire la grasse matinée…, annonça-t-il.

Juliette aimait qu'on la remarquât. Comme toujours, elle choisit une robe longue accordée à ses yeux bleus, ce qui ravissait son homme. Quant à lui, en costume sombre sur chemise blanche, une cravate saupoudrée de quelques étamines brillantes faisait du personnage séduisant un homme distingué.

Un taxi les déposa près de l'entrée du restaurant. Lorsque tous deux s'avancèrent dans le hall, le propriétaire vint les accueillir chaleureusement, et les deux hommes échangèrent quelques mots en une langue qu'eux seuls pouvaient comprendre, l'occitan de leur cher pays, une forme de reconnaissance toujours pratiquée lorsque deux Auvergnats – ici un Cantalien et un Aveyronnais – se rencontraient. Un échange bref, cette fois, car Juliette ne le comprenait pas.

L'établissement, Le Lapin Bougon, était d'une classe supérieure à Premier et à l'Assiette Auvergnate.

Juliette appréciait les lieux, et aussi qu'on les accompagnât à leur table. Le service ne comportait que du personnel féminin, des serveuses plus belles les unes que les autres, il va sans dire, vêtues d'un ensemble de couleur flamme, veste de style spencer et jupe assez courte. Monsieur Georges, l'omniprésent patron, dans la soixantaine, leur offrit une coupe de champagne, puis se retira, laissant le personnel assurer le service. La musique classique s'accordait à l'ambiance feutrée.

Ils choisirent le menu ; les yeux de Juliette brillaient sous les lumières ambrées, à la recherche, peut-être, de quelque connaissance. Il fallait aussi se montrer, ce qui amusait Frédéric qui observait plutôt la qualité du personnel, la salle, le mobilier, l'ambiance à la fois douce et cossue. Une magnifique moquette insonorisait les pas et tout cela lui plaisait. Peut-être, un jour, imaginait-il…

Une serveuse s'avança vers eux pour prendre la commande. Juliette la remarqua à peine, elles étaient toutes remarquables. Mais Frédéric, à la seconde où il croisa son regard, ressentit quelque chose d'indéfinissable. Une sorte de choc.

La jeune femme s'éloigna, préoccupée par son travail, ignorant ce qui avait provoqué chez ce client tant de surprise – car elle l'avait remarqué. Face à Juliette, Frédéric se maîtrisa, il connaissait sa jalousie maladive. Alors il parla du menu, tandis qu'elle faisait remarquer les bijoux d'une femme attablée près d'un bel homme aux cheveux blancs, un peu plus loin.

– Tu ne changeras donc jamais, ma chère Juliette !

– Tu regardes bien les jolies filles, toi ! Et ici, elles ne manquent pas. Par exemple celle qui vient de prendre la commande…

Il sourit pour toute réponse, mais déjà il la devinait qui revenait vers leur table.

– Tout va bien Madame ? Monsieur ? Puis-je commencer le service ?

Il ne put s'empêcher de lever à nouveau les yeux vers elle. Elle avait probablement l'habitude qu'on la dévisage, aussi s'occupa-t-elle de Juliette. Puis elle s'éloigna, non sans avoir cherché à croiser les yeux de Frédéric.

– Avoue que tu la trouves jolie ! Je t'ai bien vu…

– J'ai dû l'apercevoir quelque part, voilà tout. Laisse-moi tranquille, s'il te plaît ! Tu ne vas pas commencer…

– Pardonne-moi, c'était pour rire…

Mais Juliette avait intercepté le regard inhabituel de son amant. À chaque allée et venue de la serveuse, elle guettait sa réaction.

– Cette côte de bœuf est vraiment délicieuse, qu'en penses-tu, Frédéric ?

– Parfaite ! Mais tout est parfait ici. Voilà un établissement qui me convient, une certaine classe, tant pour les menus que dans l'agencement, l'emplacement également.

– Aurais-tu des idées de transformation pour l'Assiette Auvergnate, par hasard ? Ça ne m'étonnerait pas.

– Non, je ne modifierais pas une affaire qui marche, ce serait dangereux.

– Alors, en acheter une troisième ?

– Tu sais bien que ce n'est pas possible, je n'ai pas les finances nécessaires, et toi non plus que je sache, à moins que tu ne m'aies caché un riche oncle d'Amérique… Et si c'était le cas, tu ne serais certainement pas à mes côtés ce soir, n'est-ce pas ?

Juliette, stupéfaite, parvint à ne pas répondre.

Le dîner touchait à sa fin lorsque Monsieur Georges vint vers eux :

– Puis-je vous offrir un alcool ? Je vous confie à Lysiane, elle est de chez nous, ajouta-t-il en invitant celle-ci d'un geste discret de la main.

Frédéric leva les yeux.

Elle s'appelait donc Lysiane ! Un prénom peu commun qui semblait lui ajouter un charme de plus…

La jeune fille proposa plusieurs liqueurs, tout en recommandant une originalité à Juliette qui apprécia l'attention. Frédéric avait compris la subtilité de la manœuvre ; décidément, cette fille avait du métier.

Ils passèrent quelques instants encore à discuter sur les films de la semaine à venir, Juliette adorait fréquenter les salles obscures, contrairement à Frédéric. Il se détourna légèrement :

– Pourrions-nous avoir l'addition, s'il vous plaît, Lysiane ? demanda-t-il avec un charmant sourire.

Juliette sursauta, le feu aux joues.

– Tu l'appelles par son prénom ? Bientôt tu me diras que tu veux l'embaucher ? Juste parce qu'elle fait bien son service…

– C'est l'heure de rentrer, Juliette, tu t'énerves pour rien. Des filles comme elle, j'en rencontre partout et tous les jours.

– Tu as vu comme elle te regardait ? lança-t-elle en le fixant dans les yeux.

– Vraiment pas, le champagne te monte à la tête, allez, rentrons !

Elle ne vit pas le montant du pourboire laissé à la jeune serveuse.

Dans le taxi, Juliette, inquiète, observait Frédéric du coin de l'œil. Quant à lui, il regardait au-dehors avec l'attitude de celui qui n'est plus là, qui rêve sans doute.

– Je rentre chez moi, lança soudain Juliette. Conduis-moi à mon appartement, s'il te plaît !

– Que t'arrive-t-il ?

– Tu n'es pas avec moi ce soir et tu ne t'en rends même pas compte ! À mardi ! Je serai au travail comme d'habitude…

– Comme tu voudras.

L'incident ne le surprenait pas. Ce n'était pas le premier du genre entre eux.

Juliette se rencogna dans le siège. Elle s'en voulait d'avoir manifesté sa jalousie, mais en même temps rageait que cette relation dont elle attendait tant manquât à ce point de passion. Leur liaison piétinait au lieu d'évoluer vers le mariage…

Seule demeurait la promesse murmurée un soir mais qui s'était évaporée avec l'aube d'une merveilleuse nuit. Frédéric n'avait qu'une idée en tête : son travail, sa réussite, ses relations avec le monde des affaires, des brasseurs auvergnats et des amicales.

Ancienne responsable de salle dans une brasserie parisienne, aujourd'hui adjointe principale de Monsieur Frédéric, Juliette s'impatientait, elle voulait porter un jour son nom. À trente-cinq ans, il lui semblait que le moment était venu.

Elle passa une main sur son front. Un soudain chagrin, un poids d'inquiétude venait de l'envelopper tout entière. Elle avait perdu une fois de plus son self-control. Elle en était sûre, cette fille venait de s'installer en rivale, et en rivale de vingt ans ! Et plus elle y pensait, plus son cœur avait mal.

Ce soir-là, elle s'endormit avec la nausée au ventre, après avoir hurlé sa rage dans son miroir…

Frédéric rejoignit son appartement au-dessus de l'Assiette Auvergnate, sans se soucier des états d'âme de son amie. En vérité, il s'étonnait encore de ce qui s'était passé au cours de cette soirée. Certes, la fille était belle, brune aux yeux vert émeraude, avec quelques pointillés de nuage… mais toutes les serveuses l'étaient, alors pourquoi ce visage et ce sourire lui semblaient-ils si particuliers ? Elle devait avoir une vingtaine d'années tout au plus, et il en avait plus du double. Il en riait en sirotant un verre devant le grand miroir du bar.

Et il se vit tel qu'il était : grand, les cheveux châtain foncé, le nez droit et le menton volontaire, vêtu avec chic. Il se savait remarqué dans les réceptions, mais n'en tirait aucune vanité. Il savait aussi poser sur les femmes le regard qui les séduisait, celui qui avait un jour séduit Juliette.

« Après tout, on ne s'est même pas expliqués ! Allons, demain tout sera oublié ! »

Lorsqu'il se coucha, les idées continuèrent de trotter dans sa tête. « J'ai toujours été seul, en orphelinat dès ma naissance. Je sais seulement que je suis un Auvergnat ! Ma famille sera celle que je construirai, peut-être avec Juliette, peut-être avec une autre, je ne sais pas, je ne sais plus. »

Une autre pensée commençait à le tourmenter. Il s'était confié un jour à une amie, qui lui avait dit, à propos des braves gens qui l'avaient recueilli : « Un jour ou l'autre, Frédéric, vous les reverrez. Il le faut. C'est une partie de vos racines. » Ces simples mots avaient réveillé en lui la partie de sa vie qui dormait au fond d'un puits. Et il s'en répétait l'écho : « Un jour ou l'autre, vous les reverrez. »

Il se surprit à dire tout haut :

– Ils n'ont jamais répondu à mes lettres, pas plus que d'autres d'ailleurs, alors pourquoi aurais-je envie de les revoir ? Pourquoi ?

Il s'endormit, sans vraiment trouver le repos.

Les jours passèrent, mais l'écho demeura, qui venait le visiter, par bribes, et ce retour vers le passé commençait à l'irriter. La même pensée collait sans cesse à sa mémoire et il la voyait peu à peu gagner du terrain, lui restituer la totalité de son enfance, de son adolescence, et une grande partie de sa jeunesse. Il se mit alors à songer doucement au hameau des Colombières, comme on tâte une porte donnant sur une pièce abandonnée et dont on avait juré de ne plus franchir le seuil. Avec peur et tendresse.

Les souvenirs revivaient, se coloraient d'images intermittentes, d'époques différentes, et Colombières reprenait formes, goûts, regrets… Oui, c'était bien elles, les deux maisons d'habitation, l'une aux tuiles grises et l'autre au toit rouge, une manière de se distinguer sans doute, l'une plus récente que l'autre. Deux fermes formant ce hameau loin du village, bien abrité du vent du nord, au flanc d'une colline merveilleusement exposée. Il n'y avait là que ces deux familles, les Gravenas et les Louvière, chez qui il avait été placé à l'âge de six ans pour n'en repartir qu'à dix-huit. Un temps bien heureux, qu'il s'était efforcé de verrouiller dans l'oubli… Et voilà qu'aujourd'hui, sur une simple petite phrase entendue, il tentait de ressurgir.

Anselme et Marie Louvière…, braves paysans sans histoires, à combien d'enfants de l'Assistance publique avaient-ils donné un toit ? Un semblant de foyer ? Aujourd'hui encore, sans doute…

Il avait fréquenté l'école communale, obtenu son certificat d'études et choisi de rester, croyant trouver chez les Louvière de quoi vivre sans souci puisque aucun autre désir ne s'était manifesté en lui. La modeste ferme avait besoin de ses bras et la vie avait défilé ainsi. Son vieil instituteur lui avait reproché son manque d'ambition, mais il s'en était moqué en disant : « J'ai bien le temps… » L'association de football lui avait offert une licence et les saisons de championnat l'avaient occupé. Les filles venaient à lui si spontanément… Il se surprit à sourire aux bals du samedi soir, nichés loin dans le passé. « J'avais du succès… » Pourtant il n'avait jamais été plus loin avec ces filles. Jusqu'au jour où…

Et en une fraction de seconde il mesura le réel cadeau des Louvière, et leur simple, leur profonde tendresse le submergea.

Puis le sommeil vint cueillir ses larmes.

3

Ce mois de novembre 1980 se chargeait de toutes les annonces et promesses politiques jetées sur les ondes par les différents candidats à la prochaine élection présidentielle du printemps. Valéry Giscard d'Estaing, François Mitterrand, Georges Marchais, Michel Rocard, Jean-Pierre Chevènement... Plusieurs responsables de partis politiques vinrent dans la foulée entreprendre Frédéric pour de futures manifestations électorales, comme soutien, disaient-ils, « car vous êtes un homme de communication, vous savez parler et convaincre, et nous vous aiderons à notre tour, on a toujours besoin de soutien politique... »

Frédéric Sainturbain promit d'y réfléchir, mais par politesse. Les responsabilités de ses deux affaires ne lui permettaient pas de dégager du temps pour ce genre d'activité.

Et puis, après l'insouciance de ces dernières années, quelque chose en lui avait changé. Et ce quelque chose le minait de l'intérieur.

Il en oublia la politique qui, en d'autres temps, l'aurait entraîné à soutenir un candidat, lui qui par ailleurs avait animé des comités de quartier de manière dynamique et remarquée. Et voilà qu'il repensait aux Colombières, aux gens qu'il avait appréciés et aimés, coupable chaque jour davantage de les avoir totalement abandonnés. Ils ne lui avaient pas répondu, certes, mais aujourd'hui, la chose ne lui apparaissait plus sous le même jour.

Un matin, il prit sa décision. Il téléphonerait aux Colombières, et sans tarder. Le temps de vérifier si les Louvière possédaient bien le téléphone et il poussa la porte d'une cabine publique.

Depuis vingt-cinq ans il n'avait pas entendu la voix de ces gens qui l'avaient abrité. Le sort en était jeté.

Au dernier chiffre composé, sans s'en rendre compte, il se pencha en avant pour mieux entendre, l'écouteur collé contre son oreille. Au premier « Allo… », l'émotion le submergea. Trop tard pour faire marche arrière, une voix de femme s'était engouffrée dans l'appareil.

– Allo, bonjour Madame, êtes-vous madame Louvière, madame Marie Louvière ?

– Oui Monsieur.

– Excusez-moi de vous déranger, puis-je vous parler un instant ?

– Qui êtes-vous, monsieur ?

– Madame, peut-être que vous ne vous souviendrez plus de moi, je suis Frédéric Sainturbain !

Un long silence emplit l'écouteur, puis :

– Dieu du ciel, répondit-elle d'une voix tremblante, est-ce possible ? Vous êtes Frédéric ?

– Oui, madame Louvière, c'est bien moi.

– Je vous demande un moment, le temps d'approcher une chaise, les jambes me manquent.

Le cœur de Frédéric cognait dans sa poitrine. Il attendait, le souffle court. Puis la voix lui parvint de nouveau :

– Je suis si heureuse que tu me donnes enfin de tes nouvelles, je croyais que… peut-être tu étais mort, excuse-moi mais nous nous étions fait à cette idée avec Anselme.

– Comment allez-vous tous les deux ?

– Comme toujours, avec près de… laisse-moi réfléchir… vingt-cinq années de plus, mais nous essayons de vivre ou de survivre, notre petite ferme nous nourrit encore, mais c'est de plus en plus difficile tu sais, oh oui, ça devient pénible et la terre nous paraît de plus en plus basse, dit-elle avec un petit sourire perceptible. Et toi, mon petit Frédéric, tu permets que je t'appelle encore mon petit Frédéric ?

– Bien sûr, madame Louvière, et ça me fait un immense plaisir de vous savoir tous les deux en bonne santé. J'aimerais tant que vous me pardonniez ce long silence, mais la vie m'a emporté dans son tourbillon, et aujourd'hui, j'ai eu besoin, j'ai eu envie de vous entendre, je crois que je n'oublierai jamais le temps passé aux Colombières…

– Tout de même, ça me fait tout drôle de t'entendre me parler comme ça. Aux Colombières, il y a eu des changements depuis ton départ, oh oui ! Il y en a eu. J'aimerais te raconter mais j'ai tant de travail qu'il faut que je te laisse, rappelle-moi un de ces soirs si tu peux, Anselme sera content aussi, tu sais ! Je t'embrasse mon petit Frédéric, merci d'avoir donné enfin de tes nouvelles, merci encore et à une autre fois !

Marie Louvière demeura immobile comme sonnée.

La joie de savoir Frédéric en vie et en bonne santé le disputait en elle à la violence du choc. Elle répétait : Dieu du ciel ! C'est tout de même fort ! Si je m'attendais à ça ! Dieu du ciel !

Puis elle sortit en hâte et chercha son homme des yeux. Ne l'apercevant pas, elle marmonna :

– Bah ! Ça peut attendre quelques minutes de plus, Dieu du ciel ! Ça alors !

Les onze heures du matin venaient de sonner à l'horloge du village. Elle devait préparer le repas et, dans une grosse heure, les hommes ne seraient guère bavards mais bien affamés.

Avant de franchir le seuil de sa maison, elle lança un regard vers le ciel. Un beau soleil automnal illuminait la nature. Elle eut un léger sourire. « Même le soleil s'en mêle ! »

À Paris, le ciel laissait tomber sa grisaille sur l'agitation qui se fichait pas mal de lui.

Frédéric avait renoué avec son enfance et sa jeunesse par un simple coup de téléphone. Et un grand trouble agitait ses pensées. « Après tout, ça n'a pas été si difficile. Marie semblait heureuse de m'entendre, mais l'était-elle vraiment ? Ou la surprise l'a-t-elle empêchée d'être franche ? »

Il ne marchait pas seulement dans Paris, mais dans les sentiers du hameau, pleins de parfums et de chants d'oiseaux. Son pas le rapprochait d'un rendez-vous que les années avaient maintenu suspendu, hors du temps…

À peine entré dans son restaurant, il réussit à se plonger dans le travail.

Un appel téléphonique lui renouvela une invitation pour la grande soirée auvergnate prévue depuis longtemps et à laquelle Juliette et lui-même avaient souscrit. Son amie, qui considérait que leurs amours une fois de plus frôlaient le point mort, refusa de l'accompagner.

– J'irai donc seul. Je trouverai une excuse pour ton absence.

Elle le regarda longuement, puis :

– Pour celle-ci et toutes les autres, parce que notre relation n'a plus aucun sens. Quelque chose s'est disloqué entre nous, il vaut mieux nous séparer, ce serait plus honnête, tu ne crois pas ? Depuis pas mal de temps tu n'es plus le même avec moi, j'ignore ce qui t'arrive, mais je ne le supporte plus.

– Je ne sais pas trop où j'en suis, peut-être un coup de fatigue, ou une dépression, comme disent les toubibs…

– Que me caches-tu ? Une femme sans doute ? Ce ne serait pas la première fois !

– N'en parlons plus, Juliette, dit-il avec lassitude. Tu as raison, il vaut mieux nous séparer.

– Puisque tu le prends si bien, je te donne mon congé sur-le-champ !

– Tu as tout de même un préavis à respecter, disons fin décembre, ça te va ?

– Salaud ! Tu es un gros salaud de mec, je n'aurais jamais dû rester avec toi, quand je pense à ce que tu m'avais promis, tu es pire que les autres !

– Je prends note pour fin décembre et n'en parlons plus !

Elle se leva brusquement du fauteuil.

– Je te débarrasserai de mes affaires très vite, tu auras bientôt le champ libre.

Frédéric la regarda traverser le salon et quitter l'appartement en claquant la porte.

Dans les salons Debord, se pressait déjà la foule des invités. Frédéric n'arrêtait pas de serrer des mains, et d'embrasser des amis. Il devait aussi, et pour la première fois, justifier l'absence de Juliette.

Présentation, discours, évocations, hommages aux anciens et souhaits de bienvenue aux nouveaux, les Auvergnats de Paris se voulaient étroitement liés à ceux qui étaient restés au pays. De quoi ramener Frédéric vers cette enfance qui se rappelait si fortement à lui.

Deux groupes en tenues traditionnelles se remarquaient dans l'assistance et les invités que la bourrée démangeait pourraient se mêler au spectacle et à la frénésie de la danse.

Le souper, comme toujours fut parfait. Frédéric, placé non loin du président et entre deux jolies créatures, participait à ce retour vers l'Auvergne et son Cantal. On ne parlait ici que de cela et chacun trouvait la bonne raison pour ne pas en dévier.

Un accordéoniste chauffait son instrument, et certains lui demandèrent de jouer les vieilles chansons de leurs ancêtres, de leur coin, de leur terre abandonnée là-bas, au creux des montagnes cantaliennes. Certains chantaient, d'autres pleuraient, débordant d'émotion.

Puis le dessert arriva, qui en charmant les papilles apaisa les esprits.

Jusqu'à ce qu'une voix sonore lance :

– Allez ! À toi, Martial ! Vas-y !

Et bientôt on entendit :

– Martial ! Martial !

Le dénommé Martial, un habitué de la chose, se fit prier comme il se doit, et se leva enfin. Il fit un signe à l'accordéoniste – de mèche bien sûr – qui se leva à son tour.

– Puisque vous insistez, annonça Martial, je vais donc vous chanter une chanson de chez nous.

Des ha ! de satisfaction s'élevèrent, puis le silence se fit. La voix puissante de Martial occupa l'espace.

Montave la marmita
(de Cayla)

Montave la marmita, la podiá pas montar *(bis)*
La podiá pas montar, la marmita, la marmita,
La podiá pas montar, la laissère per l'ostal*.

Pierre, mon amant Pierre, Pierre la me montèt *(bis)*
Pierre la me montèt, la marmita, la marmita
Pierre la me montèt e aprèssa m'embracèt !

Montave, davalave, fasiá coma podiá *(bis)*
Fasiá coma podiá, montave sus las autras
Fasiá coma podiá per esparnhar la miá.

---

* Variante pour ce vers : La podiái pas montar, *la marmita del curat.*

Quand Pierronèl dançava, la Joana retorciá *(bis)*
La Joana retorciá la lana que fialava
E Pierre li disiá : freta-me n'en la man !

Quand Pierronèl dançava sans bragas sans pantuèlh
Cada còp que virava fasiá veire lo carmèl
Sans bragas sans pantuèlh cada còp que virava
Sans bragas sans pantuèlh fasiá veire lo carmèl
(l'aucèl)

Quand ère pichonèla, fasiá l'amor pel sòu.
Agara que soi bèla, lo fariá jol lençòu.
Lo fariá jol lençòu, l'amor, se m'agradava,
Lo fariá jol lençòu, amai n'auriá pas paur !

À propos de cette bourrée, on signale quelquefois que « marmita » est emprunté au français et que le bon usage « ola » est toujours bien vivant.

Le duc de La Salle observait avec sympathie que certaines bourrées « bravent l'honnêteté ». On y voit plutôt aujourd'hui un libre écho des mœurs rustiques.

Puis cabrettes, accordéons et vielles s'accordèrent et les danseurs s'apprêtèrent. C'est l'instant où, dans l'attente du rythme familier, se rejoignent tous les souvenirs, toutes les nostalgies, le flux des heures sensibles de la vie, portés par l'appel troublant de la terre natale. Et les visages se transforment, les yeux brillent de larmes. Et la bourrée jaillit, ragaillardit, emporte, soulève, et en elle, comme un seul, s'expriment tous les Auvergnats.

Le second groupe prend la relève et ce sont les mêmes images, les mêmes frissons. Soudain l'Auvergne est vivante !

Puis les danseurs des amicales laissent place aux invités et ils sont nombreux à se jeter dans la danse, Frédéric le premier. Les cavalières se pressent vers lui, son talent de danseur est bien connu… Le bonheur paraît à son comble lorsque Frédéric frôle une danseuse au visage familier. Cette merveilleuse danseuse n'est autre que Lysiane, rencontrée au Lapin Bougon. Ils se sourient, la danse les rapproche. Ils se sont reconnus, mais quand la musique s'arrête un instant, chacun rejoint sa place. Frédéric la cherche du regard, et l'aperçoit parmi des gens plutôt jeunes. Comment va-t-il s'y prendre pour l'inviter ? On annonce une série de valses. Il se lève en s'excusant auprès de ses voisines.

– M'accorderiez-vous cette valse, mademoiselle ?

– Avec plaisir, monsieur, répondit Lysiane sans la moindre hésitation, à la surprise de ses voisins.

Avant de commencer, il lui dit :

– Je ne pensais vous rencontrer ici, j'espère que…

– Je suis auvergnate, ne l'oubliez pas, et j'aime tellement me plonger dans ce folklore, je revis un peu, ici.

Et tous deux se glissèrent dans les accents d'une valse majestueuse, inoubliable. Lysiane dansait avec une légèreté d'elfe. Sa robe volait dans son voile de mousseline, ses pieds touchaient à peine le sol, sa grâce était si frappante que les autres danseurs faisaient place à ce couple divin. Frédéric ne voyait que ses yeux et leurs deux corps flottant sur la musique paraissaient en apesanteur. Lorsque enfin – prolongée par les musiciens – la valse s'arrêta, les applaudissements éclatèrent, et Frédéric raccompagna en souriant sa cavalière à sa table.

Frédéric ne dansa plus de la soirée, enfermé dans un rêve dont personne n'aurait pu franchir les portes.

La réception prenait fin. Mais avant de se retirer, Frédéric s'avança vers Lysiane, qu'il voulait saluer.

– Vous m'avez offert la plus belle valse de toute ma vie, merci infiniment. Le destin a voulu que je sois seul ce soir…

– Je vous retourne le compliment.

– Les Auvergnats se retrouvent souvent à Paris, par l'intermédiaire des associations.

– Des amis m'ont invitée et j'en suis très heureuse, j'ai l'âme revenue au pays…

– Puis-je savoir de quel pays parlez-vous ?

– Du Cantal !

– Nous sommes donc « pays », dit-il avec un large sourire, peut-être aurons-nous le loisir d'en parler à nouveau ? Je vais vous laisser ma carte, si vous le permettez…

– Je ne voudrais pas créer de problèmes, votre amie…

– N'ayez aucune crainte, nous parlerons de notre Cantal, j'en ai besoin ces temps-ci, en tout bien tout honneur, je vous le promets, voici mes coordonnées. Si un jour vous passez par là…

Il la salua d'une inclinaison de tête, lui sourit et s'éloigna.

– Qui est ce type ? lui demandèrent ses amis. Il connaît tout le monde, méfie-toi, il est trop beau.

Elle scruta la carte de visite :

– Le patron d'un restaurant auvergnat !

Tous éclatèrent de rire.

4

Lysiane laissa passer quelques jours, puis, poussée par la curiosité, dirigea enfin ses pas vers l'adresse indiquée sur la carte de visite, celle de l'Assiette Auvergnate.

Prudente, elle avait demandé à Florence, son amie et colocataire, de l'accompagner. L'après-midi touchait à sa fin, la salle du restaurant paraissait calme, après le coup de feu du déjeuner.

Florence voulut pousser la porte, mais au dernier moment, Lysiane la retint.

– Nous sommes ridicules, Florence, que va-t-il penser ?

– Il t'a invitée, oui ou non ?

– Oui, mais... Bon, entre la première.

Mais elles entrèrent du même pas. Lysiane, sa carte encore à la main, demanda à parler à M. Sainturbain.

L'œil du garçon jugea qu'il pouvait appeler son patron, dans son appartement.

– Veuillez vous asseoir quelques minutes, leur dit-il en leur indiquant une table.

L'établissement était convivial, l'accueil chaleureux,

avec cette musique d'ambiance bien particulière et très auvergnate.

– Pas de doute, nous sommes bien chez des Auvergnats, glissa Lysiane à l'oreille de son amie.

Florence acquiesça et ajouta :

– J'espère que ça ne durera pas longtemps, mon ami m'attend.

– Selon la tournure de la conversation, je partirai avec toi… ou non.

Elles échangèrent un sourire.

Frédéric arriva enfin en s'excusant de les avoir fait attendre.

– Bonsoir mademoiselle Lysiane, bonsoir mademoiselle, très heureux de cette visite.

– Je vous présente mon amie Florence, nous sommes inséparables.

– Toutes deux auvergnates, peut-être ?

– Mon amie est bretonne…

– Auvergnats et Bretons, mêmes caractères !

– Vous avez un magnifique restaurant, dit Lysiane, M. Georges du Lapin Bougon en dit beaucoup de bien…

– Puis-je vous offrir quelque chose ? Un thé peut-être ?

Elles acquiescèrent.

Le garçon apporta le thé et la conversation roula un temps sur la restauration, jusqu'à ce que Lysiane précise qu'elle ne travaillait chez M. Georges que quelques soirs par semaine.

C'est ce moment que choisit Florence pour consulter sa montre et s'excuser de ne pouvoir rester en leur compagnie, on l'attendait…

Les deux jeunes filles s'embrassèrent et Florence s'éloigna.

– J'espère que je ne vous dérange pas ? demanda Lysiane, un peu timide.

– Pas le moins du monde, affirma Frédéric en se rasseyant. J'aimerais bavarder un moment avec vous. Vous êtes cantalienne, m'avez-vous dit ?

– Oui, et depuis quelques années je vis à Paris.

– Et vous vous plaisez dans la capitale ?

– Ce n'est pas mon pays. Un jour, je retournerai chez moi. J'ai voulu voir Paris, en espérant gagner bien ma vie, mais je me rends compte que ce n'est pas si facile.

Il l'observait, n'osant la presser de questions, alors qu'il en mourait d'envie.

– Pour vous, tout va bien me semble-t-il ? osa-t-elle en souriant.

– Rien ne s'est construit en un jour. Quand je suis arrivé à Paris, je n'avais que dix-huit ans. J'ai commencé comme plongeur, puis comme serveur, ensuite j'ai appris la cuisine, etc. Rien n'est facile, c'est vrai. Parfois l'Auvergne me manque, je dirai même de plus en plus. Mais je n'ai pas de famille, alors…

Puis, se ressaisissant :

– Et vous, d'où êtes-vous ? Le Cantal n'est pas si grand…

– Vous ne pouvez pas connaître mon hameau.

– Dites toujours ?

– Il est minuscule, mais si beau… et pourtant je l'ai quitté à dix-neuf ans, sur un coup de tête. On me rebattait les oreilles avec Paris ! Paris ! Tu vas gagner beaucoup d'argent avec ton métier… ils ont besoin de gens comme toi, sérieux et travailleurs… enfin, vous connaissez la chanson…

– Quel est votre métier, si je peux me permettre ?

– Je suis couturière. J'adorais mon métier. Mais hélas, c'est un métier qui se perd, le prêt-à-porter remplace le sur-mesure, nous coûtons trop cher, paraît-il.

– Vous ne l'exercez plus ?

– Plus de la même manière. Je modifie, je retouche, je transforme. Je travaille dans une clinique du vêtement. Une nouvelle manière de travailler, en attendant qu'un jour…

– Et vous faites aussi des heures dans la restauration ? Vous avez du courage à ce que je vois !

– Mon véritable souhait est d'ouvrir une maison de couture, avec ma griffe. Ma griffe… Je croyais qu'en montant à Paris, je pourrais réaliser mon rêve rapidement ! Pauvre ignorante que j'étais…

– Sans doute êtes-vous trop pressée ? Paris ne nous attend pas. Les Auvergnats sont courageux et travailleurs, c'est bien connu sur la place de Paris, et vous arriverez un jour à créer votre affaire, j'en suis persuadé.

– J'ai besoin de me ressourcer souvent auprès des miens, dans mon village, auprès de ma mère et de mon arrière-grand-mère, aux Colombières.

Frédéric, qui l'écoutait attentivement, eut un sursaut d'étonnement.

– Voudriez-vous répéter ? Quel village avez-vous dit ?

– Les Colombières, ce n'est qu'un petit hameau…

– Qui ne dépendrait pas de Boisset-le-Château, par hasard ?

– C'est bien ça, murmura Lysiane en le regardant

avec insistance. Ne me dites pas que vous le connaissez ?

– J'ai vécu là-bas douze années, et depuis personne ne m'en a jamais parlé. Vous êtes la première.

La stupéfaction la fit bafouiller :

– Mon nom… est Loupiac, Lysiane Loupiac…

– Je ne connais pas ce nom, dans mon souvenir, il n'y avait pas de Loupiac aux Colombières lorsque j'y étais. J'ai quitté le Cantal en octobre 1955, oui, en 55, j'avais dix-huit ans et vous n'étiez sûrement pas de ce monde, vous êtes si jeune… Le Hameau a dû bien changer. J'avais été placé chez les Louvière par l'Assistance publique.

– Je les connais bien, ce sont de braves gens.

– Mais vous, alors ?

– Je suis de la famille Granevas, il n'y a toujours que deux familles et deux fermes aux Colombières.

Frédéric se tut, en proie à un trouble que la jeune fille ne percevait pas.

– Avant de se marier, ma mère s'appelait Geneviève Granevas, et leur ferme porte toujours le nom de Chèvrefeuilles.

– Incroyable, réussit-il à articuler. J'ai bien connu votre mère. Nous avions le même âge, nous étions les meilleurs amis du monde. (Il toussa pour s'éclaircir la gorge.) Votre père n'est donc pas des Colombières. Puis-je vous demander des nouvelles de vos parents, et… de votre maman ?

– Mon père est mort alors que j'avais à peine quatre ans, je n'ai que peu de souvenirs de lui. Depuis, nos familles ne se parlent plus. Quant à ma mère, elle va bien, elle gère l'épicerie de la commune, Les

Économats du Centre. Le travail prend tout son temps, c'est son seul compagnon... c'est ce qu'elle dit, mais je sais que c'est pour combler sa solitude...

– Je ne m'attendais pas à ces nouvelles. Surtout que... dernièrement j'ai pris contact par téléphone avec Marie Louvière, c'était la première fois depuis mon départ précipité. Ça m'a pris subitement, comme ça, parce qu'une personne à qui j'avais raconté ma vie m'a conseillé de le faire.

Elle perçut son émotion, et respecta un long silence. Puis, d'une petite voix :

– Le plus surprenant, c'est que ma mère ne m'ait jamais parlé de vous.

– Nous, les petits orphelins, placés et déplacés dans les familles d'accueil, nous n'avions guère d'importance. Un nouveau venait prendre la place de l'ancien, et ainsi de suite. J'ai écrit plusieurs fois, aussi bien aux Louvière qu'à votre grand-père, et même à Geneviève... Votre mère.

– Ils vous ont répondu, j'espère ?

Il hésita, avant d'afficher un pauvre sourire.

– Jamais. Je n'ai jamais eu la moindre réponse. Alors, je me suis laissé prendre par mon travail et Paris, je me suis résigné, et en moi l'espoir s'est éteint. La vie parisienne a pris le dessus, je me suis fait des copains, des amies...

Lysiane regardait cet homme séduisant, qui devait avoir plus du double de son âge, et dont émanait une tristesse qui les enveloppa bientôt tous les deux.

Elle finit par se lever, elle devait se rendre à son travail.

– Peut-être nous reverrons-nous un jour, lui dit Frédéric. Et ce jour-là, nous reparlerons des Colombières. À moins que nous dansions une autre valse ? Savez-vous comment s'appelait la maison des Louvière ?

– Bien sûr ! jeta-t-elle en riant. C'était Lilas et c'est toujours Lilas, et comme pour Chèvrefeuilles, personne n'a jamais su depuis quand on les a baptisés ainsi. Pas plus d'ailleurs que les Colombières. Même Mamatie, mon arrière-grand-mère l'ignore.

Frédéric retrouva le sourire.

– Je me souviens de cette dame que vous appelez Mamatie, je suis certain qu'elle se souvient de moi, elle…

Quelques clients poussèrent alors la porte du restaurant. Le temps avait passé et Lysiane s'en excusa aussitôt.

– Puis-je parler de vous à ma mère lorsque j'irai la voir ?

Il haussa doucement les épaules.

– Elle se souviendra sûrement du jeune Sainturbain des Lilas. Quant à moi j'ai été tellement heureux de vous rencontrer, vous êtes la plus belle Cantalienne que cachait Paris !

Il lui prit les deux mains et les approcha de ses lèvres, sans toutefois les toucher.

– Au revoir, Lysiane…

– Au revoir, monsieur Sainturbain…

Il lui ouvrit la porte, puis la regarda s'éloigner. Cette silhouette gracile et légère, c'était bien elle qu'il avait tenue dans ses bras pour une valse folle… « Nom de

Dieu qu'elle est magnifique. Que les filles sont belles quand on n'a plus vingt ans ! »

Alors que depuis deux jours le trouble le tenaillait, et qu'aucune solution envisageable ne se présentait à lui, un petit déclic survint soudain. Un déclic anodin, mais suffisant pour qu'il réagisse. Ce petit signe lui venait d'Anselme Louvière, son père d'accueil, et sa voix bourrue résonnait dans son souvenir : « Lorsque tes idées s'embrouillent et s'emmêlent comme les tiges des haricots avec celles du liseron, petit, et que tu ne peux rien en tirer de bon sans détruire, il ne faut pas insister. Va te promener le plus loin possible, en empruntant les mauvais chemins de préférence, en marchant d'un bon pas mais en ouvrant bien les yeux. Tu découvriras toujours les choses auxquelles tu ne pensais pas… Et peut-être les bonnes solutions à tes problèmes. » Frédéric sourit. Les conseils d'Anselme étaient souvent bizarres mais relevaient d'une belle sagesse. Il les avait suivis quelquefois, et l'expérience avait porté ses fruits. « Je ne peux pas arpenter les rues de Paris, ça ne donnerait rien. Si au moins je pouvais… »

Puisque Paris ne convenait pas, il irait jusqu'en Auvergne !

Après avoir pris les dispositions pour gérer son absence, Frédéric se devait de prévenir les Louvière de sa prochaine visite. Une courte visite, sans aucun doute, mais qui lui tenait à cœur. Comment leur expliquer cette envie soudaine de les revoir après tant d'années ? Ce fut Marie qui, une fois de plus, lui répondit.

– J'aurais aimé te passer Anselme, mon petit, mais il s'est absenté chez des voisins, pour des problèmes de bêtes malades. Je suis tellement contente de t'entendre de nouveau, Frédéric.

– Moi aussi, je pense souvent à vous, M'ame Marie, depuis l'autre jour surtout. Voilà : j'ai envie de vous rendre une petite visite, samedi dans l'après-midi, est-ce que ce serait possible ?

– Comment donc ! Tu n'as pas besoin de demander la permission. Mais j'aimerais savoir… tu es marié, tu as des enfants ? Tu ne m'as rien dit encore. Je suis curieuse, tu me connais…

– Je viendrai seul, je ne suis pas marié, et je vous expliquerai tout de vive voix. J'espère que M. Anselme sera là. Mais dites-moi, vous êtes sûre que je ne vous ennuie pas ?

– Je suis trop contente de te revoir, tu peux en être sûr ! Mais la roue a bien tourné depuis ton départ… et le hameau a changé lui aussi.

Ces derniers mots, dits d'une manière mystérieuse, surprirent quelque peu Frédéric. Il n'insista pas, soulagé d'avoir décidé ce voyage. Il ne lui restait plus qu'à espérer le soleil, en cette mi-novembre, un peu de clémence des éléments pour ses retrouvailles avec l'Auvergne. Avec son passé.

Trois jours plus tard, avant que le jour n'apparaisse, il quittait Paris.

Frédéric avait revêtu un jean, un pull sur sa chemise, et posé une parka sport sur le siège arrière de sa voiture. Qu'aurait-on pensé d'un homme cravaté ? Il voulait ressembler à celui qui avait quitté cette famille d'accueil près d'un quart de siècle plus tôt. Il secoua la tête. Non, il n'avait pas « quitté » les Louvière. On l'avait « soustrait ».

Il roulait depuis quelques minutes lorsqu'il se souvint du mot qu'il avait utilisé en s'adressant au téléphone à Marie. « M'ame Marie », comme autrefois. Le diminutif de Madame, bien sûr, mais de « maman », probablement. Ça lui était revenu au cœur. Quant à son mari, il le nommait « *monsieur Anselme* ». Un petit sourire joua sur ses lèvres, un sourire de tendresse et de nostalgie. Ces gens l'avaient aimé. Ils lui avaient offert le cadeau de leur affection attentive. Qui d'autre, depuis, lui avait démontré une telle générosité désintéressée ?

Il repoussa la réponse.

Le ciel, quoique un peu gris, s'ouvrait à un soleil timide. Le paysage s'enfuyait mais Frédéric ne pensait pas à le regarder. Il voyait plus loin, et dans ce lointain qu'il essayait d'imaginer se dévoilait parfois le doux visage de Lysiane.

Au bout de trois heures de route, il s'imposa une halte. Se dégourdir les jambes devenait nécessaire, et aussi avaler un rapide petit déjeuner : café et croissants. Lorsqu'il revint vers l'auto, à pas lents, le ciel et le décor s'enveloppaient des nappes de brumes d'une fin d'automne humide. Il huma longuement l'odeur de végétation mouillée. Il allait retrouver tout cela, les parfums de la terre, des petits chemins à demi-engourdis. Il frissonna, de joie et de crainte mêlées.

La voiture avalait les kilomètres du plat pays du centre. Sur la carte routière posée près de lui, l'itinéraire était préparé. Orléans, Bourges, direction Clermont-Ferrand, la chaîne des puys. Le puy de Dôme lui parut soudain amical, et plus loin l'indication de Gergovie lui fit penser à Vercingétorix. Il découvrait la route de l'Auvergne pour la première fois. Et la pensée qu'il avait failli l'oublier le prit au ventre.

Encore quelques kilomètres, et il trouverait bien un endroit pour s'arrêter et faire honneur au casse-croûte qui l'attendait depuis Paris dans le coffre de sa voiture. Pas question de perdre du temps au restaurant.

Il s'engagea sur une petite route, et dénicha bientôt une clairière accueillante où un banc de bois attendait. Dans le silence du matin, la nature portait le deuil de l'été en atours marron et or, éclosion d'ocre et de cuivre. Par endroits, le brouillard bas se laissait aller en gouttelettes le long des branches.

Frédéric s'assit. Il percevait en lui une montée d'allégresse, un regain de jeunesse dont il se laissait pénétrer.

Il déplia son plaid et s'installa. Soudain il s'aperçut que Paris et ses affaires avaient disparu de ses préoccupations, et il en fut heureux. D'autres pensées maintenant le précédaient, couraient à vive allure vers un havre qu'il désirait de toute son âme sans en connaître la nature.

Quel mystérieux coup de tête l'avait donc expulsé de lui-même pour le rendre à ses racines ?

Il termina son repas par un fruit dont il jeta l'épluchure dans un buisson, pour les oiseaux.

Il consulta sa montre : « Encore deux bonnes heures, même deux heures et demie… »

Il traversa Massiac, jolie ville blottie au creux d'une vallée bénéficiant depuis toujours d'un climat exceptionnel. Comment le savait-il ? Il ne s'en souvenait pas mais il admirait les palhias accrochés à la colline, caractéristiques du pays de Massiac. Plus loin, la route devenait prisonnière des montagnes et la température semblait perdre quelques degrés. Puis il se présenta face au Lioran et emprunta le tunnel, l'un des plus anciens de France et d'Europe. Au sortir de cette voûte de pierres, un beau soleil le surprit, mais ici, les autochtones connaissent bien cette particularité. Parfois il pleut ou il neige d'un côté du tunnel, et à la sortie il peut faire grand soleil. Ce qui survint ce jour-là. Le Cantal est une des régions les plus ensoleillées d'Auvergne, et les températures annoncées par la météo locale manquent souvent de réalisme.

La belle vallée s'ouvre alors, tel un livre, sur de magnifiques pages de verdure, et chaque Cantalien peut y lire la magie de sa terre natale, entre le puy Griou et le Plomb du cantal. Frédéric n'y échappa pas. La terre lui montait au corps et à l'âme.

– Nom de Dieu, que c'est beau ici, dit-il tout haut. Comment ai-je pu ne jamais revenir ?

5

Les Colombières approchaient.

Le hameau se devinait à travers les feuillages clairsemés.

Son cœur battit plus fort.

Mais dès l'entrée, il vit combien le village avait changé. Les chemins plus larges laissaient trop de place, et si certaines maisons paraissaient plus petites, d'autres avaient été agrandies. Il remarqua deux nouvelles constructions, dont une très proche de celle des Louvière. Elle aussi avait été modifiée. Un vaste hangar abritait des engins mécaniques, tracteurs, remorques et matériel moderne aux couleurs agressives. Mais le jardin prenait toujours autant de place. Les bordures de lilas ne sont jamais très belles à l'approche de l'hiver, mais il les retrouvait, abondantes, aux branchages désordonnés.

Il s'approcha et rangea sa voiture pas trop près de la maison qui, malgré sa restauration, ne lui était pas étrangère. Sa montre indiquait deux heures trente.

Un chien grogna vers lui et une femme sortit pour le retenir.

Marie Louvière avait bien résisté au temps.

– Alors te voilà, comme je te reconnais bien, mon petit Frédéric…

– Bonjour, M'ame Marie.

Elle le prit dans ses bras et Frédéric, la gorge serrée, retrouva son odeur, cette odeur qu'il avait tant de fois sentie lorsqu'il était enfant, et qu'elle le consolait.

Ils se regardèrent longtemps, avec dans les yeux la joie du retour et la tristesse du temps perdu.

– Tu as dû trouver la route bien longue, mon petit. Paris est si loin…

– Le temps ne compte pas, je suis si heureux de vous revoir. Et monsieur Anselme ?

– Il est bien là, il t'attend, achève donc d'entrer. Tu as reconnu la maison sans trop de mal ?

– Il n'y en a qu'une comme celle-là… Même si vous l'avez restaurée.

Frédéric entra le premier. Anselme Louvière, assis près de la table, leva le regard vers lui. Il lui tendit la main et, sans se lever, le pria de s'asseoir d'un geste machinal.

Encore très ému par l'accueil de Marie, Frédéric reçut la douche froide de plein fouet.

– Tu t'es enfin souvenu de nous ? gronda Anselme. Faudra tout de même que tu m'expliques. Il me semble pourtant que tu n'étais pas si mal chez nous… Nous n'avons pas l'impression de t'avoir fait de misères, et tu as disparu, comme ça. On te croyait mort, on se disait que si tu étais vivant, tu donnerais des nouvelles. Mais à force d'attendre, vois-tu, nous avons pensé que tu nous reniais. Après tout, nous n'étions que la famille d'accueil… (Sa voix devint rauque.) Mais tu sais bien que parfois, il arrive… enfin on peut s'attacher à un enfant, et toi tu étais resté dans cette maison bien des années…

Frédéric attendit de retrouver son souffle. Le moment de l'explication était venu. Lui aussi avait des reproches sur le cœur.

– Monsieur Anselme, j'ai laissé passer du temps, c'est vrai, et c'est impardonnable. Mais pourquoi n'avez-vous jamais répondu à mes lettres ? Moi aussi j'ai pensé que vous ne vouliez plus entendre parler de moi. Et les responsables d'alors, je veux parler de ceux de l'Assistance publique, m'ont ordonné de ne pas revenir au pays sous peine de complications avec les gendarmes. J'ai toujours eu peur des gendarmes, vous devez vous en souvenir. Aux foires du village, lorsque je les voyais, je m'enfuyais.

– Ça, c'est bien vrai, lança Marie qui voyait que son homme n'avait pas accueilli Frédéric comme elle le souhaitait. Mais de quelles lettres parles-tu, Frédéric ? Nous n'avons jamais reçu de nouvelles de toi. Pas une fois.

– C'est quand même gentil de venir nous voir, l'interrompit Anselme, même après si longtemps. Allez, fais-nous un café, Marie, après on ira faire un tour, si tu veux bien.

– Le café est déjà prêt, répondit la maîtresse de maison avec un sourire que l'émotion faisait trembler.

Le chien, assis sur son derrière, regardait le visiteur qui avançait la main pour le caresser.

Frédéric traquait les changements intervenus dans la pièce principale. Si la cheminée avait été conservée, la pendule aussi, le reste ne ressemblait plus au souvenir qu'il en avait gardé. La pièce s'était habillée de clair, du sol au plafond, et de jolis meubles apportaient une touche de modernité. Le coin-cuisine, équipé d'électroménager, l'étonnait, non par sa présence, mais quant aux idées des Louvière qui, en d'autres temps, refusaient le modernisme. Dans un angle, un poste de télévision regardait deux petits fauteuils.

– Tout a bien changé chez vous, se hasarda-t-il à dire. C'est très beau…

Les deux propriétaires hochèrent la tête, tandis que le café arrivait, accompagné de quelques gâteaux secs.

Dès que les tasses furent vides :

– Nous allons sortir un moment, Frédéric et moi, annonça Anselme à Marie. Tu as des choses à me raconter, sur ta vie à Paris ?

Marie voulut intervenir, mais elle comprit que son homme avait à parler… d'homme à homme.

– Le temps n'est pas si mauvais ici, au-delà du Lioran les brouillards encombrent les vallées…

– C'est bien souvent comme ça, mais profitons de ce beau soleil aujourd'hui, ça te changera de l'air de Paris. Allons marcher un peu, tu t'y reconnaîtras sans doute. Il n'y a pas eu de grands changements dans les terres, mis à part des échanges obligés par le remembrement, ou quelques accords entre nous.

– Vous avez de nouveaux voisins, je veux dire dans la maison neuve, juste à côté…

– C'est plus que des voisins. Quand tu es parti, j'ai dû prendre un autre jeune, mais pas un gamin. Tu vas trouver ça bizarre, mais c'était un garçon de l'Assistance publique, comme toi, un jeune de 17 ans. Il est venu faire un essai, comme on dit, et puis il est resté, il se plaisait chez nous. Il était honnête et sérieux, alors voilà…

Les deux hommes, accompagnés du chien, marchaient lentement dans le chemin humide qui conduit aux grands champs. Ils semblaient accorder le rythme de leurs pas. Frédéric écoutait, sans poser de questions. Il attendait la suite, le cœur serré.

– Quelques années plus tard, André Marge nous a parlé de son envie de devenir agriculteur, comme nous. Le temps passait et son idée ne le quittait pas. Il a rencontré une jeune fille de la commune voisine et un an plus tard ils se sont mariés. Nous, eh bien nous n'avions pas d'héritiers. Alors ils nous ont proposé de s'associer pour l'exploitation, avec la promesse d'une priorité dans le cas d'une cessation d'activité de notre part ou de vente de la ferme.

Les deux hommes s'arrêtèrent. Frédéric pouvait deviner la suite. Anselme fixa Frédéric dans les yeux.

– Marie et moi avons accepté. Si cette proposition était venue de toi, nous aurions été très heureux. Mais voilà, tu avais pris d'autres chemins.

Ce n'était plus les champs qu'observait Frédéric, non, mais le visage grave d'Anselme.

– Plus tard, nous l'avons adopté.

– Vous l'avez adopté officiellement ?

– Oui. Et aujourd'hui nous ne regrettons rien. Ils habitent la petite maison neuve près de la nôtre. Oh ! les démarches n'ont pas été simples. La demande a été déposée au Conseil général, puis on a dû passer par le tribunal pour l'agrément, car il s'agit là d'une adoption simple et non plénière, nous avons dû apprendre tous ces termes.

– Vous avez pris une formidable décision, je le reconnais.

– Nous ne vieillirons pas seuls, et Marie n'a pas regretté. Aujourd'hui, il y a un petit garçon de quatre ans, Sébastien, auquel nous sommes très attachés. Ç'aurait pu être le tien… Nous avons été tellement… peinés de ton départ. Tu nous as joué un vilain tour, Petit. Un très vilain tour.

Frédéric, qui n'avait jamais connu les motifs exacts de son transfert brutal, se sentit désarmé. Les mains dans les poches, le regard sur le chemin, il répéta :

– Pourquoi n'ai-je pas eu de réponses à mes nombreuses lettres, monsieur Anselme ? Tout aurait été différent.

Les sourcils de Louvière se froncèrent et Frédéric ajouta :

– Ni vous, ni Geneviève Granevas ne m'avez répondu. Vous m'avez abandonné vous aussi… Pourtant, avec Geneviève, nous étions les meilleurs amis du monde, nous avions nos secrets dont je ne peux même pas parler aujourd'hui. Nous étions jeunes et Geneviève je l'aimais.

– Tu te souviens de ce repas du Conseil… Tu aimais bien aider au service. Mais tu as pris à partie le premier adjoint au maire, c'était Marcel Granevas à l'époque. Et il t'avait lancé : « Ça, tu me le paieras ! » Tu te souviens ?

Frédéric secoua la tête. La scène n'évoquait rien pour lui.

Anselme se tut un moment, souleva son béret pour se gratter la tête, puis ajouta en le regardant droit dans les yeux :

– Jamais nous n'avons reçu de lettres de ta part, Petit. Nous t'aurions répondu, tu peux me croire. Plus tard, les services de l'Assistance publique nous ont dit qu'il y avait des cas comme le tien, où les liens se brisent brutalement. Alors on n'a pas insisté. La Geneviève aussi nous a demandé où tu étais passé… Son frère Serge était content que tu ne tournes plus autour de sa sœur.

– Qu'est-elle devenue ?

– Après ton départ, elle a trouvé un homme et elle s'est mariée, mais son mari s'est tué quelque temps plus tard. Elle a eu bien du malheur. (Il posa la main sur l'épaule de Frédéric.) Mais tu n'es pas venu pour entendre ces balivernes, dit-il en le regardant du coin de l'œil.

Frédéric réfléchissait, tout en observant la propriété des Gravenas, ou du moins ce qu'il pouvait en apercevoir à travers les arbres presque dépouillés.

– Un jour, vous m'avez conseillé de marcher dans la campagne parce que j'avais l'esprit torturé. J'ai repensé à ce conseil. Et puis, quelque chose me poussait à revenir vers vous, la grande question restée sans réponse. Je sais maintenant que j'ai beaucoup trop tardé. Depuis combien de temps suis-je parti ?

– Vingt-cinq années, répondit Anselme sans hésitation.

Ils avaient bien marché tous les deux, mais une foule de questions n'avaient pas encore franchi leurs lèvres.

– Si tu veux faire quatre heures, il faudrait y aller, dit Anselme. Marie te questionnera elle aussi, tu peux me croire, d'autant que les jeunes ne seront pas là, André s'occupe d'une équipe de football.

Frédéric avait à peine entendu.

– Les terres cultivées ne sont plus les mêmes, il me semble.

– André a pris les bonnes décisions. Et puis, avec toutes ces machines maintenant, il faut des terres importantes, il faut aussi rembourser les crédits à la banque, mon pauvre…

Ils contournaient le grand jardin et longèrent la ferme voisine, celle des Granevas.

– Tout a bien changé ici aussi, je ne vois que du beau matériel dans les hangars et des agrandissements. Il y a même une maison nouvelle, et puis…

– Avec des emprunts on peut s'agrandir, bien sûr, mais ce n'est pas tout, faut travailler pire qu'avant. C'est le Serge qui gouverne maintenant, même si les parents travaillent encore. Il a deux enfants, de 18 et 17 ans, ils sont lycéens à Aurillac, en école privée. Sa femme Nathalie l'aide à la ferme.

Ils firent quelques pas devant la maison, avec cette manière d'observer le ciel qu'ont les gens des campagnes.

Le casse-croûte attendait les hommes, bien disposé sur la grande table, la belle table de chêne, toujours la même. Frédéric remarqua, près de la télévision, un jouet d'enfant, un tracteur en plastique, et sur l'étagère proche, les photos d'un bébé. Marie avait suivi son regard.

– Anselme t'a raconté ? C'est notre petit-fils en quelque sorte.

– Vous avez de la chance, il est magnifique.

– Et toi, tu n'es pas marié à ce que tu m'as dit. Les Parisiennes ne te conviennent pas ?

– J'ai tellement de préoccupations que nous n'y avons guère songé pour le moment.

Marie hocha la tête.

– Quand le moment sera venu, tu le sauras, et tu te décideras. Il faut penser aux enfants à venir, ne pas être trop vieux pour les élever. Nous autres, Anselme et moi, on n'a pas pu en avoir et malgré tout, ce petit Sébastien est notre petit-fils, notre bonheur d'aujourd'hui. Et sais-tu, nous espérons en avoir d'autres.

– Je vous félicite, je connais votre tendresse pour les enfants, je connais votre manière de faire avec eux. J'étais petit lorsque vous m'avez pris chez vous, je devais avoir 6 ans tout au plus.

– Tu es resté chez nous douze années, mon petit Frédéric. Tu as été un brave petit, pas toujours très sage mais nous étions heureux de t'avoir sous notre toit. Anselme était plus exigeant que moi, il faut bien le reconnaître, mais il t'estimait beaucoup. Tu te souviens du jour où tu as passé ton certificat d'études, tu brandissais ton diplôme au bout du chemin ? Ce jour-là, j'ai bien vu deux larmes dans ses yeux, mais il ne s'en est pas vanté, pas vrai ? ajouta-t-elle en clignant de l'œil vers son homme.

– Comment trouves-tu ce pâté ? Marie le fabrique d'une façon spéciale et je n'en ai jamais mangé de meilleur, jeta Anselme pour changer de sujet.

– Il est fameux, avec ce goût particulier, oui, ce goût je ne l'ai jamais retrouvé nulle part, moi non plus.

Saucisson, jambon cru et fromage, un excellent Salers accompagné d'un vin sans étiquette surprenant le palais, voilà l'ambiance chaleureuse dont il se souvenait.

Marie ne put s'empêcher de demander :

– Où dors-tu ce soir, nous autres nous aurions pu… Nous avons toujours la petite chambre du haut…

– J'ai réservé une chambre à Aurillac, ne vous inquiétez pas, M'ame Marie. Je suis heureux de vous avoir revus, et pardon pour tout ce temps où cette maison m'a semblé interdite.

– Ne dis pas de bêtises…

Marie avait ajouté quelques bûches dans la cheminée rallumée depuis quelques jours, en précisant que le feu lui tenait compagnie et que le petit aimait bien lui aussi.

Alors Frédéric se mit à répondre à des questions non posées, sans doute pour rassurer les Louvière. Il leur raconta qu'il avait réussi grâce à son acharnement au travail. Tous deux écoutaient sans l'interrompre, une lueur heureuse dans les yeux.

Au-dehors, la clarté avait disparu, le crépuscule commençait à assombrir le paysage. Frédéric aurait aimé prolonger cette soirée aux Colombières, dans cette maison retrouvée. Mais dans sa tête bien des questions demeuraient sans réponse, dont la raison, et le responsable de son déplacement brutal et soudain vers Paris alors qu'il avait 18 ans. Le premier adjoint au maire de la commune aurait-il pris quelques initiatives vengeresses ?

Frédéric demanda des nouvelles de ses amis d'autrefois, ses camarades de classe. La majorité d'entre eux s'étaient éloignés pour des raisons de travail. L'un était devenu instituteur, l'autre militaire de carrière, un autre encore médecin dans le Sud de la France, et d'autres travaillaient dans l'exploitation familiale. Les

Granevas, avec Serge à la tête de la ferme, qu'il avait améliorée. Mais il n'avait pas encore pris la place de maire, ce poste qu'avait tant souhaité son père le premier adjoint.

La nuit tombait. Frédéric jeta un regard sur la comtoise et se leva.

Marie le prit alors dans ses bras.

– Peut-être à une fois prochaine… ?

– Merci, M'ame Marie.

Anselme fit encore quelques pas à ses côtés, vers sa voiture, avec l'intention de lui glisser au dernier moment :

– Tu as bien fait de venir nous voir. Je sais quelle question te préoccupe. Sache que toi seul peux connaître la réponse. Fais attention sur la route, il y a des virages bien exposés aux gelées. Porte-toi bien, Petit.

Au moment de démarrer, Frédéric se rappela les cadeaux qu'il avait dans son coffre pour Anselme et Marie.

– Avec toutes ces émotions, j'allais oublier de vous remettre ça, dit-il. Voilà pour vous, et ce paquet est pour Marie…

– Va le lui remettre toi-même, elle sera contente.

Il revint vers la maison.

– Aimez-vous toujours les chocolats, M'ame Marie ? dit-il en déposant entre ses mains un joli paquet.

– Je crois bien que oui, répondit-elle en lui caressant la joue.

Il revint vers sa voiture et, sur un dernier signe de la main par la vitre baissée, s'éloigna sur le chemin, dans la brume mêlée aux ombres.

La commune étant proche, il décida de s'arrêter devant un café dont le parking débordait de véhicules. Il poussa la porte. Les gens occupés à boire et à discuter ne le virent pas entrer, et il en profita pour s'accouder au zinc. On parlait fort, on trinquait joyeusement, l'équipe locale de football avait gagné son match.

Il commanda une boisson et percevait des bribes de conversations par-ci, par-là. Soudain, il entendit nettement :

– Faut que j'y aille, le Sainturbain doit être parti à cette heure, mais je me demande bien ce qu'il est venu faire ici, depuis le temps...

– André, je peux te dire qu'il est gonflé de revenir, d'après ce que tu m'as dit et dont tout le monde se doutait à l'époque, aux Colombières et ailleurs.

– Oui, dit un autre, il s'est raconté des drôles de choses à son sujet, sur la cause de son départ précipité. Mon père était son camarade d'école, il m'a tout raconté un jour.

– Ce n'est pas de notre temps tout ça, c'est du passé, je préfère trinquer à notre victoire d'aujourd'hui, ajouta son voisin qui n'en était visiblement pas à son premier verre.

– Salut à tous, brailla André. Et encore bravo pour ce formidable match avant la trêve ! Je vais récupérer ma femme qui a emmené le petit chez sa mère. Demain, je dois me lever tôt.

Frédéric avait compris. Il paya sa consommation et disparut discrètement comme il était venu. Cet André ne pouvait être qu'André Marge, et les propos le concernaient lui, Frédéric Sainturbain. Il s'était bien passé quelque chose, qui avait provoqué son éjection du village. On l'avait traité de voleur, ça, il s'en souvenait ! Les derniers mots d'Anselme lui revenaient : « Toi seul peux connaître la réponse ! »

Il reprit la route pour Aurillac où sa chambre avait été retenue. « Quelle journée ! » songea-t-il en se jetant tout habillé sur le grand lit. La douce chaleur de la pièce le fit brutalement basculer dans le sommeil. Lorsqu'il se réveilla, les douze coups de minuit lui signifièrent qu'il n'avait plus autre chose à faire qu'à se rendormir. Alors, il se déshabilla.

Frédéric Sainturbain ne s'était pas réveillé tôt. La veille, il avait même oublié de dîner. Il venait de commander un petit déjeuner copieux et, en l'attendant, il réfléchissait. Une série de questions arrivait, le bousculant sans ménagement. Que croyait-il ? Qu'espérait-il en venant ici ? Certainement autre chose que ce trouble qui l'envahissait, le mettait si mal à l'aise. Le brouillard de la terre s'était immiscé dans son cerveau. La vie avait changé aux Colombières, on ne l'avait pas attendu. Pourtant, au café, on avait parlé de lui, et en des termes plutôt suspects, pleins de sous-entendus.

Après avoir déjeuné, il voulut marcher dans les rues d'Aurillac, traverser le jardin du square jouxtant le monument aux morts, ce jardin amoureusement entretenu et orgueil de la ville où trônait le buste du *félibre* Arsène Vermenouze. Puis il se dirigea vers l'esplanade du gravier, le long de la Jordanne où, avait-il entendu dire autrefois, brillaient certains jours des poussières d'or. Il sourit soudain de ces légendes.

Il s’assit sur le muret, laissa aller son regard vers la rivière, le long des friselis de l’eau. Sur la place, il retrouva la statue de l’Auvergnat Gerbert, devenu pape sous le nom de Sylvestre II. « Je ne suis venu ici que quelques fois dans ma jeunesse, et ici rien ne semble avoir changé… »

Frédéric remonta la fermeture de sa parka jusqu’au menton… « Un jour, je saurai ! Il ne peut en être autrement… »

Qu’avait-il espéré de ce voyage ?

Ce qu’il avait glané lui laissait un goût de frustration.

Qu’étaient devenues ses lettres ?

De quels mensonges avait-on empli son absence ?

6

Sur le trajet du retour, son esprit se troublait de mille incertitudes, à tel point que parfois il ignorait où il se trouvait en attendant le prochain panneau routier. Il doutait pour la centième fois du sens de ce voyage vers cette Auvergne où il était né, un jour de mai 1937. Des mains l'avaient déposé devant la porte de l'Hospice d'Aurillac, où des religieuses l'avaient découvert, un matin, ficelé dans des langes et protégé par une misérable couverture. Un simple bout de papier épinglé sur le tissu portait ces deux mots écrits d'une main mal assurée : « Frédéric Sainturbain » suivi de deux autres très hésitants : « Sa maman. » Sainturbain en un seul mot. La foire et fête de la Saint-Urbain est une tradition locale à Aurillac, et a lieu chaque année début mai. L'enfant fut enregistré à l'état civil le lundi 10 mai 1937, sous cette identité.

« J'ai au moins un nom original, seul héritage que m'a laissé ma pauvre mère, sans doute. On dit que ce sont toujours les mères qui déposent leur nouveau-né, pour leur laisser une chance de survie. Que suis-je venu chercher aux Colombières ? Qu'ai-je donc trouvé ? Les retrouvailles avec les Louvière. C'est très important. »

Plus il se rapprochait de Paris, plus sa vie reprenait possession de lui tout entier. Une vie si éloignée des Colombières, mais la sienne. Comme cette ville était désormais la sienne, naturellement. Il était le même en apparence, mais en apparence seulement. Le questionnement qui l'avait décidé à entreprendre ce voyage le harcelait à nouveau. Inassouvi.

Le mois de mai venait d'éclore, et Lysiane arriva aux Colombières pour quelques jours.

Sa mère gagnait sa vie comme gérante des Économats du Centre, à Boisset-le-Château dont le hameau des Colombières dépendait. Elle bénéficiait d'un modeste appartement au-dessus de ce magasin connu et bien achalandé. Voilà quinze années qu'elle avait poussé la porte de ce commerce et, de vendeuse, en était devenue la responsable. Depuis son veuvage, aucun homme ne l'avait intéressée. Geneviève ne vivait que pour sa fille.

Les Colombières n'étant éloignées que de deux kilomètres à peine, Geneviève Loupiac s'y rendait à bicyclette presque tous les jours, pour une visite rapide mais jugée par elle nécessaire auprès de sa grand-mère. L'important étant de veiller sur la vieille dame, qui l'attendait pour lui raconter des petits riens, de ces choses sans importance qui tissent le fil de la vie.

Mamatie étant gourmande, Geneviève lui apportait en cachette du médecin – c'était bien meilleur – quelques friandises. Les parents de Geneviève jugeaient ces visites inutiles, occupés qu'ils étaient à travailler avec les enfants sur la ferme. Par ailleurs, il faut dire que Serge et sa femme ne tenaient pas Geneviève en haute estime. Elle était rarement invitée à leur table, ses parents préféraient Serge et Nathalie, avec leurs deux enfants scolarisés en internes à Aurillac et qui ne rentraient qu'en fin de semaine. Lysiane et sa mère n'avaient de liens de tendresse qu'avec l'aïeule, qui vivait dans deux petites pièces de la grande ferme. La vieille dame prenait souvent ses repas chez son fils, Pierre Granevas et sa femme. Tous deux lui devaient tant de reconnaissance… « Ces choses relatives au portefeuille… », disait Geneviève. Alors tous la supportaient ou faisaient semblant.

Lysiane, qui adorait son arrière-grand-mère, feignait d'ignorer ces querelles.

Lors de ses visites aux Colombières, elle passait plus de temps chez elle que chez sa mère, et Geneviève trouvait cette chose toute naturelle. Mamatie prenait plaisir à marcher avec elle dans la campagne, qu'elle connaissait jusque dans les moindres recoins et, lorsque les gens la rencontraient, ils lui faisaient compliment de sa santé.

– Vous nous enterrerez tous au pays, osaient certains, ceux qui la connaissaient depuis toujours.

– Bah ! Le bon Dieu ne veut pas de moi, je sèmerais la panique là-haut ! Mais lorsque je deviendrai impotente, il ne m'oubliera pas ! répondait-elle en riant.

Et son visage strié de rides se creusait de fossettes.

Mais en ce début d'année 1981, ses jambes lui causaient des misères, et une grippe n'avait pas amélioré sa santé. Elle traînait, comme l'on dit, et la chose l'agaçait. Elle ne quittait sa chambre que pour les repas de midi et tenait son feu, compagnon fidèle des longues journées encore fraîches.

Les deux pièces qu'elle occupait n'avaient pour tout chauffage qu'une cheminée. En novembre déjà ses jambes lui avaient joué un mauvais tour mais, ne voulant pas demeurer clouée à l'intérieur, elle s'était équipée d'un fauteuil roulant. Puis les choses s'étaient améliorées. Elle avait repris des forces et, en ce début mai, la chaleur du vigoureux soleil la requinquait comme elle ranimait peu ou prou tous les vieux piégés par les rhumatismes, l'arthrose et les diverses joyeusetés de l'âge.

Lysiane passa tout d'abord saluer sa grand-mère.

– Si au moins tu avais une voiture, tu n'aurais pas à payer ce sacré taxi…, lança Delphine.

– Je n'en ai pas besoin à Paris, rétorqua Lysiane. Ce n'est qu'une source de tracas et d'embêtements de toutes sortes, ajouta-t-elle en riant. Bonjour grand-mère, je suis contente de te voir, comment va Mamatie ?

– Elle t'attend, tu dois t'en douter. Ta présence va lui faire le plus grand bien.

– Comment vont grand-père, Serge, Nathalie et tous les autres ?

– Très bien, mais monte vite, elle doit s'impatienter ! Dis-moi, n'aurais-tu pas maigri depuis la dernière fois ?

– Peut-être, c'est le travail, je n'arrête pas, tu sais…

Lysiane grimpait déjà l'escalier pour rejoindre Mamatie.

– Mamatie !

– Lys ! Enfin ! Tu arrives avec le mois de mai, c'est bon signe !

Elles se serrèrent à s'étouffer, les yeux pleins de larmes. Lysiane embrassa une fois encore Mamatie.

– Ah ! J'ai vu les lilas, ils sont magnifiques, quel plaisir de les revoir en fleur ! Et toi en pleine forme !

Toutes deux s'installèrent face à face, devant la cheminée où le feu ne serait rallumé que le soir, lorsque la froidure des murs gagnerait peu à peu. Mais on conservait la vieille habitude de se tenir près du cantou.

Après s'être soumise au rapport sur les dernières nouvelles de sa santé, Mamatie voulut tout savoir sur la vie de Lysiane.

– Pour moi, tu resteras Lys ! Ma Lys.

Il y avait tant d'admiration dans ce regard de grand-mère, tant de tendresse, que Lysiane l'embrassa à nouveau. Sans pour autant distraire la curiosité de la vieille dame :

– Tu dois bien avoir un petit ami, Lys ? ajouta Mamatie qui l'appelait ainsi avec au coin des yeux une étincelle de complicité.

– Tu es trop curieuse !

Les heures passèrent, et il fallut bien mettre un terme au bonheur de la visite.

Sur le pas de la porte, Serge se préparait pour se rendre à Boisset-le-Château, une affaire urgente. Lysiane et lui se dirent bonjour, s'embrassèrent rapidement, et l'oncle l'emmena dans sa camionnette.

Geneviève, comme toujours en fin d'après-midi, classait interminablement – en l'absence de clients – des papiers, courriers, commandes, etc.

– Te voilà enfin, ma fille, comme je suis contente de te voir ! Mais dis-moi, n'aurais-tu pas maigri ces derniers temps ?

– Tu me dis toujours la même chose, maman ! Tu parles comme grand-mère ! J'ai perdu quelques grammes, voilà, tu es contente ?

Et de rire toutes les deux en s'étreignant très fort.

– Tu as vu Mamatie ?

– Oui, mais je ne me suis guère attardée, j'étais pressée de t'embrasser !

– Je vais terminer mon travail et je fermerai boutique plus tôt ce soir ! Tant pis pour les retardataires, ils n'auront qu'à sonner très fort… Tu es là, et ce n'est pas si souvent. Je te préparerai un bon petit repas et nous pourrons bavarder toutes les deux. Comment astu trouvé Mamatie ?

– J'avais craint le pire mais elle m'attendait, assise dans son fauteuil. Son attitude m'a plutôt rassurée.

– Les beaux jours vont nous la remettre d'aplomb, crois-moi ! Elle est encore solide.

– Elle a quel âge, maman ?

– Elle va sur ses 95 ans ! Il y a plus âgé dans notre commune, le père Valdignat va bientôt avoir 98 ans ! Ici le pays conserve les vieux, ajouta-t-elle en riant. J'espère que tu dormiras ici ce soir, ma chérie ?

– Oui, maman, mais demain soir je tiendrai compagnie à Mamatie. Comme d'habitude.

– Je te souhaite de la garder encore longtemps. Elle t'adore, tu sais ?

– C'est réciproque, maman. Mes visites sont aussi pour elle, aux Colombières, mais tu le sais, n'est-ce pas ?

Geneviève sourit à la jeune fille, et lança pour faire diversion :

– Ce soir, je cuisine ton plat préféré, tu veux ?

– Maman, il n'y a que toi pour me gâter autant ! En attendant, je sors un peu sur la place, j'ai besoin de respirer l'air du pays.

– Ne te perds pas !

– Aucun risque !

À peine arrivée, Lysiane aimait s'en aller flâner dans le bourg qui avait été celui de son enfance et qui le demeurait dans son cœur. Face à l'église, l'énigmatique buste du poète Jean-Baptiste Brayat, originaire de Boisset-le-Château, la regardait en souriant, depuis toujours.

Elle ne manquait jamais une visite à l'école où elle avait appris à lire, à écrire et à compter, magnifique bâtisse de pierres avec sa grande cour sur l'arrière dominant le remblai à escargots par temps de pluie. La rue grimpait, étroite, bordée sur la gauche par les commerces, entre autres les deux boulangeries. Lui revenaient aux narines les odeurs de pain chaud, qui tiédissaient l'air aux périodes hivernales, bien que Boisset-le-Château ne subisse jamais de froids rigoureux. Elle aimait les rues de son magnifique village lové au creux d'une vallée où le ruisseau se promenait vers la Riviera. Chaque soir, les jours de grand soleil, les derniers rayons se glissaient derrière le pic pelé et les hauts hameaux de Lacoste, La Peyrade, ou le Bois de l'Arque. Et la lumière léchait alors le pays de bas en haut pour ne laisser qu'une traîne de clarté qui se perdait dans l'infini du ciel de l'est…

Non, décidément, rien ne remplacerait jamais son pays… Les pieds des Parisiens ne touchent pas la terre, la vraie, sans béton, celle qui communique avec le cœur. Les mêmes sentiments de plénitude la pénétraient chaque fois que ses pas retrouvaient sa terre natale.

Vint bientôt l'heure de rentrer, de retrouver le regard bienveillant et affectueux de sa mère.

Alors qu'elle rebroussait chemin, le nez en l'air, Catherine, une ancienne camarade d'école, l'aperçut et vint l'embrasser.

– Oh ! Lysiane, tu viens si rarement que j'ai failli ne pas te reconnaître, je suis si heureuse de te rencontrer.

Puis un garçon vint les rejoindre, Bernard, un de ceux qui autrefois étaient amoureux d'elle. Il semblait tout au bonheur de la revoir. Dès qu'il eut tourné les talons, Catherine le souligna d'une moue complice :

– Il ne t'a jamais oubliée, il me parle de toi souvent.

Lysiane sourit sans répondre, puis se sépara de son amie qui semblait pourtant avoir une foule de choses à lui raconter.

– Une autre fois, on se reverra, Catherine. J'ai peu de temps à passer ici, deux ou trois jours, mais on se reverra.

Elles s'embrassèrent, le temps pour Catherine de reprocher à son amie d'être toujours pressée. Ici, dans ce village où tout vieillissait doucement, on ne pouvait comprendre la vie de Paris.

L'appartement de Geneviève Loupiac respirait l'ordre et la paix. Les meubles anciens, cirés avec soin, brillaient d'une chaude patine.

– Je suis bien chez toi, maman, je devrais venir plus souvent.

– Oh, tu dis ça chaque fois, mais ton Paris te tient trop. Je me trompe ?

– Depuis quelque temps les choses vont bien vite, je cours tout le temps.

– Mademoiselle veut devenir Coco Chanel, et ma fille que j'aime tant je ne la vois presque plus.

Lysiane se jeta dans les bras de sa mère et toutes deux restèrent enlacées, le souffle mêlé.

– Je voulais créer ma griffe, c'est vrai, murmura Lysiane. Avec une équipe de copains aussi déterminés que moi. Mais voilà, il faut des moyens que je n'aurai jamais.

– Mon Dieu, tu y parviendras, j'en suis certaine, mais n'oublie pas de vivre le temps présent, c'est si important…

Un voile de mélancolie glissa alors dans les yeux de Geneviève.

– Allez, passons à table, ma Lysiane.

La jeune fille s'empressa d'obéir.

– Ah, ton omelette aux cèpes, maman… ! Même au Lapin Bougon, ils ne sont pas capables de la réussir comme toi !

– C'est pourtant un restaurant de bonne réputation, si j'en crois ce qu'on m'a dit.

– Oh oui ! Je crois que je vais y travailler encore longtemps… d'ailleurs je leur rends service, un juste retour des choses.

– Mais tu vas y laisser ta santé !

– Et toi maman, tu n'as pas travaillé d'arrache-pied pour m'élever toute seule ? Je n'oserais pas te regarder dans les yeux si je devenais fainéante, non, je ne pourrais pas.

Le silence qui suivit frisait le recueillement. Déguster une omelette aux cèpes interdit toute distraction. Lysiane en était convaincue.

– Quelle réussite, maman ! C'est un régal !

– Et ce n'est pas fini. Ton régime t'interdit les desserts mais celui-là, tu vas m'en dire des nouvelles.

– Maman !

Et le dessert maison se transforma en plaisir. Devant son assiette vide, Lysiane soupirait d'aise. Près de sa mère elle était heureuse.

Après avoir débarrassé la table, fait la traditionnelle vaisselle, toutes deux prirent place dans les deux fauteuils de la pièce, face à la télévision éteinte.

– Ma petite Lysiane, parle-moi un peu de ta vie. Tu as un petit ami ?

– Tu n'es pas trop fatiguée ? Je ne te vois jamais te reposer. Tu devrais prendre des vacances.

– Oh, ici l'hiver est toujours calme, j'en profite pour me reposer un peu. Mais tu ne m'as pas répondu. Ça va côté cœur ?

Lysiane se cala au fond de son siège, le menton sur ses genoux relevés.

– J'ai rencontré un Cantalou, un homme du pays. Ne t'inquiète pas, c'est un vieux, il a presque vingt ans de plus que moi, je l'ai rencontré par hasard. Vous vous connaissez tous les deux à ce qu'il m'a dit.

– Comment ça ? Quelqu'un qui serait monté à Paris ? Il y en a tant…

– Oui, mais vous avez été à l'école ensemble.

– Je ne vois pas et ça m'agace, dit-elle en riant, allez avoue, donne-moi son nom !

– Sainturbain, Frédéric Sainturbain.

Geneviève lâcha sa tasse qui alla se briser sur le parquet.

– Si je m'attendais…

Sa voix n'était plus qu'un souffle. Elle jaillit de son siège et s'enfuit vers la cuisine. Elle revint avec une éponge et une pelle.

– Une tasse de moins, ce n'est pas grave. Alors tu as rencontré ce Frédéric Sainturbain, en voilà une affaire. Plus jamais de nouvelles depuis son coup et c'est lui que tu rencontres. Il n'est pas marié à son âge ?

– Non, il m'a dit que non. Mais c'est quoi ce coup dont tu me parles ?

– Il a, comment te dire, c'est délicat… disons qu'il a été malhonnête avec mon frère Serge, et avec bien d'autres, paraît-il. Les gendarmes sont venus le chercher et mon père a fait le nécessaire pour étouffer l'affaire, il était adjoint au maire à l'époque. Depuis, personne n'a jamais reçu la moindre nouvelle, ni les Louvière ni moi. C'était un voyou qui cachait bien son jeu. Mais comment avez-vous pu vous rencontrer, ça dépasse l'entendement. On pensait même qu'il était mort…

– Il m'a dit qu'il avait écrit plusieurs fois et…

– S'il l'avait fait, on l'aurait su. Je ne sais pas ce qu'il est devenu mais tout le monde l'a oublié, il nous a trop déçus. Et pourtant, nous étions bons amis, avant qu'il se mette à voler l'argent dans les portefeuilles des gens. Ça a fait toute une histoire dans le pays.

Lysiane demeurait muette, terrifiée par ce qu'elle entendait. Frédéric était donc ou avait été un truand dans le pays ? Prise de panique elle cacha son visage dans ses mains. Geneviève se rapprocha d'elle.

– Les hommes ne cherchent souvent qu'une chose, coucher avec nous. Et puis ils s'en vont et rencontrent d'autres filles. Je ne sais pas ce qui s'est passé entre vous mais je te conseille de le quitter au plus tôt. Crois-moi mon enfant, ce n'est pas un homme bien, et surtout pas un homme pour toi !

– Mais, maman…

– Tu en trouveras autant que tu voudras, belle comme tu es. Et puis rien ne presse, tu es encore si jeune ! ajouta-t-elle en essayant de sourire.

– Je vais me coucher, maman. Il n'y a rien entre nous, c'était une simple rencontre au banquet des Auvergnats de Paris. Je ne te dirai plus rien !

Au matin, Geneviève frappa doucement à la porte de Lysiane qui dormait encore. Elle insista jusqu'à ce qu'elle entendît :

– Qu'y a-t-il maman ? Il est encore tôt.

– C'est vrai, mais j'ai beaucoup réfléchi cette nuit, j'ai à te parler, ma chérie.

Lysiane ouvrit la porte, et elles échangèrent un long regard. Puis la jeune fille retourna se lover dans son lit.

Toutes deux portaient les traces d'une mauvaise nuit. Geneviève était en chemise de nuit, une chemise froissée et ancienne qui fit sourire sa fille. Celle-ci ouvrit les draps, lui faisant une place tout près d'elle.

– Viens, maman, comme autrefois...

Geneviève dut cacher une larme. Elle se glissa au côté de sa fille, remonta les couvertures, et laissa ses yeux errer sur la chambre.

– Ma petite chérie, il est temps que tu saches certaines choses. Pas faciles à révéler, tu peux me croire. Mais après ce que tu m'as dit hier soir, l'heure est venue.

Lysiane se coula en chien de fusil, tournée vers sa mère, dont elle voyait le profil soucieux. Et une sourde inquiétude monta en elle.

– Hier soir, je me suis mal comportée, je te demande pardon. Je t'ai raconté des histoires sur Frédéric Sainturbain. Ce n'était pas l'homme que je t'ai décrit. Frédéric était le garçon le plus charmant de la terre, le plus gentil, le plus aimable, le plus courageux, et aussi le plus beau de tous ! Toutes les filles en étaient amoureuses, et moi plus que toutes les autres.

Geneviève se tut, en lutte avec les émotions du passé. Elle attendit de recouvrer son calme, puis :

– Lysiane, Frédéric et moi nous nous sommes aimés. Mon frère nous a surpris et il ne l'a pas supporté. Il a mis sur pied un stratagème qu'ont gobé mon père et tous les autres. On l'a emmené comme un assassin, comme un criminel. Oui, Lysiane, comme un criminel. Et depuis, je n'ai plus jamais eu de nouvelles, jamais. Mon père avait le bras long alors...

– Tu l'aimais ? articula Lysiane.

– Autant que je l'ai détesté plus tard. La vie s'est chargée du reste. Mais pour lui comme pour moi, c'était la première fois que nous…

Lysiane prit sa mère dans ses bras, tendrement.

– Mais ce n'est pas tout, mon enfant, le plus important est à venir.

Comme si elle venait de comprendre l'impensable, Lysiane la serra à l'étouffer.

– Ma Lysiane chérie, mon seul amour au monde, tu es l'enfant de Frédéric Sainturbain…

Puis elle ferma les yeux sur un flot de larmes, le souffle haché de sanglots. Lysiane ne l'avait pas lâchée, elle la serra davantage, désespérée de son désespoir.

– Il n'a jamais su que j'étais enceinte. Et moi-même, je l'ai su quelques semaines seulement après son départ.

Toutes deux attendaient de se reprendre, dans la chaleur l'une de l'autre, puis :

– Regarde, maman, le soleil perce à travers les contrevents, le soleil de mai nous appelle, viens, j'ai très faim tout à coup !

Surprise par cette réaction qu'elle ne savait comment interpréter, Geneviève murmura :

– Que vas-tu faire à présent ?

Lysiane s'efforça de sourire.

– Il me faudra bien trois ou quatre tartines ce matin, avec beurre et confiture, celle que tu fais toi-même.

– Tu n'es pas une enfant ordinaire, d'autres auraient…

– J'ai de qui tenir ! Mamatie connaît tout ça, n'est-ce pas ?

– Bien entendu !

– Je vais la voir cet après-midi, mais ce ne sera plus tout à fait comme avant. Je retourne à Paris demain soir, et j'ai bien des questions à te poser, tu peux l'imaginer.

– Je t'aimerai toujours, ma chère et tendre petite fille.

– Et moi davantage encore !

7

Le travail à l'épicerie avait mobilisé Geneviève toute la matinée, ce qui ne l'avait pas empêchée de ressasser les événements de la veille. Lorsqu'elle rejoignait pour de courts instants sa réserve, on aurait pu l'entendre dire : « Mais comment ont-ils pu se rencontrer ? Quelle catastrophe ! » Ou, à d'autres moments : « Bah... Il fallait bien qu'un jour elle sache... Mais moi... mon Dieu dans quelle galère je me trouve, dans quelle galère nous sommes toutes les deux ? »

À l'heure du déjeuner, elle monta l'escalier et un fumet délicieux lui titilla les narines.

– Toi, annonça-t-elle en poussant la porte, tu n'as pas perdu la main en cuisine. J'ai une de ces faims...

Elles évitèrent tout sujet sensible, et parlèrent du travail de Lysiane à Paris, et surtout de son rêve. Tout à coup, Lysiane sursauta :

– Maman ! Tu parles comme une vieille personne qui n'attend plus rien de la vie ! Tu es jeune, tu lis les journaux, tu regardes la télévision, un autre monde existe, alors émerge un peu de tes habitudes, viens me voir à Paris, je suis persuadée que ça te plairait.

Geneviève haussa les épaules, presque timidement.

– Je n'y ai jamais songé. C'est vrai, je travaille, voilà ma vie. Je n'ai plus jamais été attirée par autre chose…

Lysiane la regarda fixement. Elle avait noté le « plus jamais ».

– Qui sait, murmura-t-elle. Un jour, peut-être, tu travailleras avec moi à Paris !

Geneviève demeura sans voix. Puis elle secoua la tête, pleine d'indulgence pour cette jeunesse qui gardait l'espoir chevillé au corps.

Ce jour-là, Lysiane prit le chemin des Colombières avec tant d'émotions dans le cœur qu'elle en zigzaguait sur le large chemin. Le soleil la couvrait de lumière, trop sans doute car la sueur perlait à son front. Ne dit-on pas que le soleil de mai est parfois déraisonnable ?

Mamatie, qui l'attendait, ne pouvait imaginer les mille questions dont elle serait bientôt submergée.

Une voiture s'arrêta près d'elle, un voisin l'invitait à profiter du voyage, comme le veulent les habitudes d'aide sur ces chemins entre la commune et les hameaux.

Elle refusa et continua de marcher, en jean et baskets, cheveux défaits. Mais guigna bientôt un tronc d'arbre abandonné gisant au bord du chemin et qui devait souvent jouer les bancs de fortune.

« C'est une histoire de fou, songeait-elle, que vais-je devenir, et comment me sortir de cette situation ? »

Et soudain, dans cette solitude amie, elle hurla de toutes ses forces en serrant ses poings contre sa poitrine, comme si son cœur se déchirait. Elle s'était contenue jusqu'à cet instant, jusqu'à n'en plus pouvoir. Recroquevillée sur ce banc de hasard, elle laissait enfin déferler sa souffrance, ses pleurs, sa rage. L'homme qui l'avait invitée à danser cette valse qu'elle ne pouvait oublier n'était autre que son père. Chaque parole de sa mère avait causé en elle plus de dégâts qu'une bombe. S'en remettrait-elle un jour ? Elle perdit la notion du temps.

Une brise tiède séchait maintenant ses yeux, son visage. Son cœur n'était pas mort, elle le sentait battre à coups sourds.

Elle se leva, un peu raide, et reprit son chemin.

Son regard cherchait les Colombières, les bâtiments des Louvière qu'elle dépassa en hâte.

Aux Chèvrefeuilles, on l'attendait. Sur le pas de la porte, la vieille dame était assise sur une chaise, le regard fixé sur le chemin. Elle sourit à la jeune fille.

– Je suis en retard, Mamatie, excuse-moi, mais…

– J'ai tout mon temps, ma chère petite, c'est toi qui en passes trop avec moi.

Lysiane l'étreignit un peu trop longtemps, comme on s'accroche.

– Par ce beau temps, dit-elle enfin, on peut se promener toutes les deux, qu'en dis-tu, Mamatie ?

– Attrape donc le fauteuil roulant derrière la porte, ce sera plus facile.

– Nous irons vers la fontaine du Roc noir, les noisetiers nous feront un peu d'ombre.

Mamatie avait remarqué les yeux rougis de Lysiane, mais elle ne dit mot.

La propriété semblait vide, chacun vaquait à son ouvrage, et même les volailles qui d'habitude piaillaient et caquetaient avaient rejoint l'ombrage de quelque haie ou bosquet.

Lysiane poussait le fauteuil.

– Ce n'est pas pratique, Mamatie, je ne te vois pas en marchant.

– La fontaine approche, nous pourrons bavarder…

« J'ai tant de questions, tu ne peux pas imaginer », pensait Lysiane en traversant un décor de carte postale. Elle aimait ce chemin bordé de murs de pierre sèche, et par endroits recouvert de mousse. Il semblait immuable, gardien à la fois de la douceur et de la force des vieilles choses qui nous relient au flot du temps.

Les roues du fauteuil traçaient des cordons de terre entre les pierres et le visage de Lysiane se fermait un peu plus à chaque tour de roue.

La fontaine du Roc noir, si elle pouvait surprendre par son nom, n'avait d'extraordinaire que le fait de ne refléter aucune image. C'était un lieu étroit, propice à une halte bienfaisante, longé d'un muret qui servait de banc sous les noisetiers. Une chaînette retenait un gobelet en fer blanc et il était facile d'en comprendre l'utilité.

– Tu as soif, Mamatie ?

– Non merci, Lys. Mais bois donc, cette eau est si fraîche et depuis des lustres, répondit-elle en souriant.

Son petit chignon de cheveux blancs et ses lunettes à verres ronds lui donnaient parfois un air espiègle.

Elles s'installèrent face à face, la jeune femme y avait veillé. Et soudain elle n'y tint plus.

– Mamatie, je vais certainement t'ennuyer… Il faut que l'on parle toutes les deux. Avec maman, nous avons discuté toute la nuit et…

Les mains de la vieille dame se crispèrent sur les accoudoirs.

– Je sais maintenant qui est mon vrai père, maman m'a tout dit. J'étais loin d'imaginer une telle chose, bien loin… Mais je sais que toi aussi tu le sais, n'est-ce pas ?

Mamatie prit son temps pour acquiescer. Son visage s'était soudain habillé de crainte. Et son regard quitta celui de sa petite-fille pour s'en aller ailleurs, loin de ces yeux verts qu'elle aimait tant.

– Mamatie, je compte sur toi pour comprendre, et pour en savoir davantage. Je n'ai confiance qu'en toi dans cette famille, en toi et maman !

– Il y a des choses plus faciles à dire, avoua Mamatie dans un soupir. Mais puisque tu sais…

– Je porte le nom de Loupiac, celui que je croyais mon père et qui est mort accidentellement lorsque j'étais petite. Je n'en ai aucun souvenir, ni de sa famille d'ailleurs, puisque nous sommes brouillés à mort, paraît-il.

– Ç'a été une tragédie, en effet. C'était un homme bien, un ouvrier. Ta mère te portait déjà à son mariage. Et petit à petit, les médisances ont couru de partout. Il a fait taire les rumeurs du mieux qu'il a pu, jusqu'au jour où il est mort. Dès lors, ses parents n'ont plus voulu de toi ni de ta mère dans leur maison. Je vous ai prises avec moi, on peut dire seule et contre tous !

– Mais c'est monstrueux, Mamatie ! s'écria-t-elle.

– Sans doute. Mais tu dois savoir que ton grand-père et Serge ont commis des malhonnêtetés, et le pauvre Frédéric en a fait les frais. Voilà toute l'histoire. Ta mère a trouvé du travail, elle t'a élevée du mieux possible, et te voilà aujourd'hui enfermée dans ce bocal de mauvaises confitures...

Les larmes noyaient à nouveau les joues de Lysiane.

– Mais toi, Mamatie, toi tu m'as toujours choyée, ainsi que ma mère... Tu savais et tu nous as protégées.

Mamatie s'était levée de son siège, et lui ouvrait les bras. Lysiane s'y réfugia de tout son être. Elle avait tant de force tout à coup sa vieille grand-mère, des forces pour deux.

– Il n'y a que toi qui m'aime dans cette maison, je le sais depuis toujours, mais aujourd'hui, et seulement aujourd'hui je sais pourquoi. Dorénavant, avec les autres, tous les autres je vais faire semblant, ils ne sauront pas que je sais...

– Je boirais bien une tasse d'eau fraîche, s'il te plaît, ma très chère petite.

Lysiane se prit à sourire, soudain apaisée.

Il y eut un long silence, puis :

– Comment ta mère a pu te parler ?

– Il fallait bien que ça arrive un jour, répondit-elle sans autre explication.

– Tout finit par se savoir. Mais Frédéric, lui, ne saura jamais.

Lysiane buvait lentement, et cette fraîcheur, cette pureté semblaient reconstruire sa sérénité, elle qui avait été précipitée dans une tourmente qui ne lui appartenait pas.

Elle se baigna le visage avec son mouchoir dégoulinant d'eau. Mamatie l'observait d'un œil attentif.

– Il n'y a que l'intelligence qui aide à surmonter une telle épreuve, ma chère Lys, et je sais que tu en possèdes plus que nous tous réunis ! Un jour, cette blessure ne sera plus qu'une mince cicatrice. Tu vas conquérir le monde, j'en suis certaine. Et je suis fière de toi, de ce que tu es.

Lysiane se tut. Dans ses yeux naissait une ombre nouvelle, une ride du regard.

Elle se détendait pourtant, désireuse de profiter de la douce présence de Mamatie.

– Nous sommes si bien ici. Je me souviens avoir couru et joué dans ces chemins, avec des camarades de mon âge. Que sont-ils devenus ? Et ces deux vieilles femmes qui élevaient des chèvres dans la colline des sauvages... Un jour elles m'ont attrapée et m'ont emmenée chez elles. J'étais morte de peur, il faisait si sombre dans leur pauvre maison... Et elles m'ont offert un bol de lait chaud et bien sucré. Le parfum de ce lait me revient aux papilles chaque fois que je pense à elles. Ce sont les surprises de la vie. Dans un sens ou dans l'autre.

Sans un mot, Mamatie l'avait écoutée. Puis elle renoua le fil sensible, comme s'il n'avait pas existé d'intermède.

– Je voudrais te dire aussi que je ne suis pas restée sans réaction devant le forfait de ton grand-père, de mon fils, qui a fait en sorte de chasser le jeune Frédéric. Je me suis opposée à l'arrangement qu'ils voulaient tous : la succession. La propriété m'appartient toujours. Je suis bien vieille mais, vois-tu, il y a des choses que je n'ai jamais pardonnées.

– Tu es une sacrée grand-mère !

Toutes deux décidèrent de rentrer, bras dessus, bras dessous, tandis que Lysiane tirait le fauteuil vide.

– Ça me fait du bien de marcher, il ne faut pas que je m'habitue aux roulettes, c'est bon pour les vieux et les malades !

Lysiane éclata de rire. Étrangement, elle se sentait revivre. L'important avait été dit.

– Mamatie, je vais dormir chez maman, ce soir. Je crois qu'elle en sera heureuse. Nous avons besoin de nous rapprocher toutes les deux.

– Tu as raison, ma petite fille, je la verrai bientôt, nous parlerons de toi différemment, cette fois. Tu es devenue grande.

– Merci, Mamatie, tu comprends toujours tout.

Lysiane raccompagna la vieille dame à l'étage. Le soir tombait. Elles se quittèrent sur un dernier baiser.

Lysiane accéléra le pas, fuyant les rencontres possibles, tandis que le rideau de la chambre de Mamatie restait soulevé, le plus longtemps possible.

Le lendemain, Lysiane devait regagner Paris…

8

Frédéric ne trouvait pas le sommeil. Une sarabande d'images jouait dans son esprit.

Il devait alors avoir douze ou treize ans, guère plus, il aimait les Colombières, ces champs, ces prairies, ces chemins tortueux qui pouvaient coincer les attelages mais où l'on pouvait se dissimuler entre les talus pour observer sans être vu. Les copains et lui chapardaient parfois dans les jardins et braconnaient vers les ruisseaux du bas. Du même âge que lui, Geneviève Granevas l'accompagnait souvent dans ses escapades pastorales, dans ses quêtes de vieux secrets, cette cueillette des vieilles histoires qui hantent les villages des campagnes. Parfois, à court d'idées, ils en inventaient en observant les pierres d'un vieux mur, les ombres trouées de rais de lumière, la forme des nuages où se dissimulaient et apparaissaient les plus grands monstres que la nature ait jamais créés.

Il se souvenait des grattements des belettes, du glapissement du renard, du cri aigu des pipistrelles et de mille autres sons qui invitaient l'émotion et la peur. Il y avait aussi cette fontaine sombre qui ne reflétait aucune image, telle une glace sans tain. À peine si un éclat, parfois, une étincelle de clarté venait trahir son eau. Elle ne veut pas de nos bobines, s'exclamait-il en regardant Geneviève, nous sommes trop laids…

Frédéric souriait à ces instants lointains. Aux périodes d'hiver, aux terres gelées, enneigées, quand, avec Geneviève et son frère Serge, ils avaient découvert cet arbre fantastique dont l'image demeurait gravée jusque dans son âme. Recouvert de lichen, le tronc ressemblait à un vieillard en décrépitude, étrange et pourtant serein dans son immobilité en habit de silence. Ils l'avaient coiffé d'un vieux chapeau et de loin il ressemblait à un humain. Un jour où le givre avait pris tout le pays, ils voulurent le voir en habit de glace. De son accoutrement dépassait une branche morte, comme un bras qui indiquait une direction, toujours la même. À force de le regarder, il leur semblait qu'il bougeait. « Tu sais ce qu'il veut nous faire comprendre ? demandait Geneviève. – Ça, c'est son secret, il vaut peut-être mieux ne pas savoir, répondaient les deux gamins en manque de certitude… » Ce qu'ils avaient appris dans les livres sur les lichens, c'était qu'ils étaient constitués d'une algue et d'un champignon intimement mêlés, vivant en symbiose, un genre autonome dont il existait un très grand nombre d'espèces. De quoi épater les copains…

Frédéric se retourna dans son lit. « Moi qui croyais m'endormir… me voilà en train de revivre mon enfance. »

Le train allait retrouver les plaines de la Beauce.

Lysiane, le regard dans le vague, cédait au harcèlement des pensées qui la rongeaient. Elle avait acheté de quoi lire, des revues de mode qui restaient fermées sur ses genoux. Elle songeait, encore et encore, à cette valse. À ce qu'elle avait ressenti en tournoyant, un étrange vertige.

Paris ! Le bruit, la foule, le métro... Finies les ruelles de Boisset-le-Château, le chemin vers les Colombières, le vieil arbre habillé de lichens.

Arrivée chez elle, elle laissa tomber son sac brutalement, respira à fond, comme pour mettre un terme à son escapade. Elle se dévêtit rapidement et se précipita sous une douche presque froide. « Comment tout cela va-t-il se terminer ? Et je vais lui dire quoi, moi ? Comment je vais pouvoir m'en sortir ? Mamatie, au secours ! »

Soudainement, elle eut un sursaut de rage, « Je ne suis que la victime, après tout ! Ce n'est pas ma faute et c'est moi qui ai si mal ! »

Elle en oubliait que la vraie victime était Frédéric. Il lui semblait tout à coup que c'était lui le coupable ! Lui qui avait causé tout ce mal à sa mère !

Elle lui adressa alors un message d'une raideur qu'elle ne se connaissait pas, lui interdisant de chercher à la revoir. Après cela, elle se sentit mieux.

Frédéric lisait et relisait le petit mot, sans comprendre. Que s'était-il donc passé en Auvergne, car tout venait de là, aucun doute là-dessus.

À l'Assiette Auvergnate, mais également à Premier, le personnel subissait sa mauvaise humeur.

N'y tenant plus, il se rendit à l'adresse de Lysianc où il rencontra Florence Forest, la colocataire. Elle ne savait rien. Au Lapin Bougon, M. Georges l'informa qu'elle ne travaillerait que le mois prochain. Deux jours plus tard, il s'installa en face de son appartement, prêt à attendre toute la journée s'il le fallait. Il aperçut Florence mais ne l'aborda pas.

Vers une heure du matin, un taxi s'arrêta et une fine silhouette en descendit. Il ne put se retenir, se précipita au-devant d'elle et lui barra le passage de ses bras.

– Lysiane, que se passe-t-il ?

Elle se figea.

– Pourquoi ce message ? J'aimerais une explication... La vérité !

– Je vous ai tout dit, Frédéric, je n'ai rien à ajouter...

Devant ce visage pitoyable qui lui faisait face, son cœur se serra.

– Nous ne pouvons plus nous rencontrer, bafouilla-t-elle. Voilà, c'est tout !

Ces quelques mots allumèrent une étincelle dans les yeux fatigués de Frédéric.

– Il faut parler tous les deux. Dites-moi que nous nous parlerons, nous sommes des adultes, Lysiane, capables de discuter, ne croyez-vous pas ?

Lysiane, dont la douleur s'était apaisée, lui dit enfin :

– Laissez-moi quelques jours, je vous promets de vous revoir. Je vous laisserai un message sur votre répondeur...

Frédéric se détendit. Il hocha la tête, libéra le passage, et regarda la jeune fille disparaître dans l'entrée de son immeuble.

Alors, seulement, il se fondit dans la nuit scintillante de Paris.

Certains cafés fêtaient encore l'élection de François Mitterrand, nouvellement élu à la présidence de la République.

Le dynamique patron de deux affaires florissantes avait perdu son entrain, celui qu'il affichait en toute occasion, du matin jusqu'au bout des nuits de travail. Frédéric avait baissé pavillon, et naviguait sous les vents imprévisibles de la souffrance.

À Boisset-le-Château, Mamatie s'inquiétait pour Lysiane.

Des révélations de ce genre abattraient n'importe qui.

– Alors que maintenant elle connaît la vérité, comment se comporte-t-elle ? demanda la vieille dame à sa fille.

Geneviève secoua la tête.

– Elle m'a surprise, tu sais. Elle a du caractère à un point que tu ne peux imaginer. Ce qui lui a fait grand mal, c'est d'apprendre le comportement des Loupiac à la mort de son père, enfin de mon mari. Elle en a gros sur le cœur.

– Sans doute… Sans doute…, murmura Mamatie.

– Quant à mon père et à Serge…

– Je t'en prie, n'en parlons plus. Ça m'a bouleversée de voir ma petite Lys qui travaille tant devoir affronter cette histoire. Depuis, je me sens patraque, j'ai du mal à supporter ces premières chaleurs. J'ai demandé au docteur de passer me voir.

Soucieuse, Geneviève se tut. Elle venait chaque jour aux nouvelles, les autres ne voyaient rien du mal qui minait sa mère. Elle avait appelé plusieurs fois sa fille, ce qu'elle ne faisait pas d'habitude.

Frédéric reçut enfin un appel. Lysiane l'attendrait au café où s'était déroulé leur dernier rendez-vous.

Il fut le premier à s'installer à la table, fébrile. Les minutes s'écoulaient, interminables, l'attente devenait crainte. Enfin, elle fut là, devant lui.

– Bonjour Lysiane. Merci d'être venue. Vous... vous prendrez quelque chose ?

– Oui, un thé, répondit-elle en maîtrisant l'émotion qui colorait ses joues.

Bien déterminée quelques instants plus tôt, elle sentait son courage faiblir devant la tâche à accomplir.

– Ma chère Lysiane, que s'est-il donc passé ? Me suis-je si mal comporté que je mérite cette punition ?

Elle hésita, puis dit simplement :

– Pas avec moi, non, c'est plus lointain, mais si grave que...

Alors les mots s'unirent pour ruisseler ensemble, du même flot.

– Vous vous êtes affreusement conduit avec ma mère lorsqu'elle était enceinte de vous.

Le visage de Frédéric se décomposa.

– Comment... Comment pouvez-vous avancer pareille chose ?

– Ma mère m'a raconté, Frédéric. Oui, vous êtes mon père biologique...

Frédéric était devenu livide, la respiration lui manquait. Il cacha son visage dans ses mains et Lysiane l'entendit murmurer :

– Comment est-ce possible ? Comment est-ce possible ? (Tout à coup il releva la tête.) Donnez-moi votre date de naissance…

Il fit vite le compte.

– Mon grand-père a tout de suite marié ma mère à Armand Loupiac, dont je porte le nom. Vous n'étiez pas le bienvenu chez les Gravenas, il fallait sauver les apparences…

Dans la tête de Frédéric, la mémoire tournait à grande vitesse. « Voilà sans doute la raison de mon déplacement si rapide, voilà enfin la vérité masquée par une mise en scène sordide de Pierre Gravenas et de Serge. »

Elle découvrit son visage et ce n'était plus le Frédéric habituel.

– Lysiane… Lysiane… Vous êtes donc ma fille… Est-ce possible ? Je rêve, dites-moi ?

Elle fit non de la tête.

Il resta muet durant de longues minutes. Puis :

– Votre mère a été mon premier amour, je l'aimais d'un amour fou, inconscient des différences. Je peux vous donner ma parole d'honneur que je n'ai jamais rien su. Dites-moi que vous me croyez.

Lysiane demeurait silencieuse. Sa mère lui avait assuré qu'il ne savait rien, elle-même l'ignorait.

– Nous sommes dans de beaux draps, lança-t-il soudain. Geneviève a dû me haïr, n'est-ce pas ? (Il se leva, très agité.) Mais qui a pu détourner mes lettres ? Le savez-vous ?

– J'ai maintenant mon idée.

– Qu'allons-nous devenir, Lysiane, vous êtes ma fille ! Ma fille ! C'est invivable, un scénario pour un mélo ! Je souhaiterais tellement que vous n'ayez pas de mauvais sentiments à mon égard, car en ce qui me concerne, je sens naître en moi quelque chose d'extraordinaire que je ne peux pas t'expliquer. Tu vois, je te tutoie déjà. Lysiane, quoi qu'il arrive, tu resteras ma fille pour toujours, même si…

Lysiane esquissa un sourire, pour elle aussi, tout au fond d'elle, naissait quelque chose d'inconnu.

– Me permettrais-tu de voir ta mère, Lysiane ? Il faut qu'elle sache que je ne suis pas un salaud ! J'ai su par hasard qu'on m'accuse de mauvaises choses… C'est loin de la vérité !

Elle acquiesça. Il n'y avait pas de mal à ça, après tout. Et puis elle savait qu'il disait vrai.

Au moment de se quitter, Frédéric, remis du premier choc, prit les deux mains de Lysiane et les baisa longuement, ne cessant de répéter pour lui-même :

– Ma fille ! Ma fille ! Ma fille ! Merci mon Dieu ! Tout cela était-il bien vrai ?

Il aurait voulu la serrer dans ses bras, mais se retint.

Elle s'éloignait qu'il se parlait encore.

Bien avant les premières heures du jour, il roulait vers l'Auvergne, imaginant tout ce qui pouvait lui arriver. Peut-être qu'il se ferait jeter, mais peut-être qu'il pourrait parler, peut-être qu'on l'écouterait ? Et comment s'y prendre ? Il n'en savait bougrement rien. Une seule question, il n'avait qu'une seule question importante à poser à Geneviève. Le reste, tout le reste dépendrait de sa réponse.

Il avait attendu que l'épicière soit seule, puis il s'était avancé.

Geneviève ne le vit pas tout de suite.

– Bonjour, Geneviève.

Elle sourit, pensant accueillir un client. Mais quelques secondes suffirent à graver la stupéfaction sur ses traits.

– Que viens-tu faire ici ? Il y a longtemps que tu es mort, n'est-ce pas ? Ton silence m'a tuée aussi.

Pas de réponse.

– Que veux-tu ? Tu es là pour nous faire encore du mal ?

Il la regardait, plein de chagrin.

– Lysiane m'a dit… et je suis venu pour te voir.

– Ah ! Lysiane t'a raconté ! Il aurait mieux valu qu'elle se casse une jambe le jour où elle t'a rencontré.

Geneviève ne maîtrisait plus sa colère. Seule la venue d'une cliente la calma un instant. Frédéric chercha alors dans les présentoirs ce dont il n'avait aucunement besoin. Il redoutait de ne pouvoir poursuivre la conversation. La cliente, une habituée, avait une envie folle de papoter. Il fallut attendre qu'elle aperçoive l'homme qui attendait patiemment devant le rayon des biscuits. Elle disparut enfin.

– Je suis venu pour te parler, Geneviève. C'est d'une grande importance.

– Ce n'est pas commode, et puis à quoi ça va servir ? J'ai même honte que tu sois là, en face de moi. Tu m'as fait assez de mal, il vaut mieux que tu partes.

– Lysiane ne m'a pas interdit de te voir, bien au contraire.

– Tu te rends compte de la situation ?

– Et si j'avais quelque chose d'important à te dire ? Tu me consacrerais bien quelques minutes, dit-il en la regardant droit dans les yeux.

Elle détourna le regard.

– Je me méfie de tous les hommes et de toi le premier !

– Juste quelques minutes, je dois repartir aussitôt pour Paris !

– Je ferme le magasin de trois à quatre heures. Si tu as envie de parler, je t'attendrai.

– Merci, je serai là, je te promets.

Elle marmonna quelque chose, mais Frédéric avait tourné les talons.

Il n'avait avalé qu'un sandwich depuis les aurores, mais il ne mettrait plus les pieds dans le moindre restaurant de Boisset-le-Château. Il ne se rendit pas aux Colombières saluer les Louvière. Il se souvenait des paroles d'Anselme : Tu trouveras les réponses à tes questions. Ces réponses, il en possédait quelques-unes, et une partie du puzzle se mettait en place. Il prit sa voiture et fila vers Lauressergues en passant devant Estarieu. Puis il gara sa voiture dans un début de chemin, et chercha le bon point de vue d'où admirer le village de Boisset-le-Château.

Autour du clocher de l'église, chaque toit avait sa place, chaque jardin, chaque ruelle décrivait la vie des habitants. « De Paris, on ne sait plus penser à son village, on ne sait même plus qu'il existe, et pourtant, matin et soir, l'angélus rappelle qu'un nouveau jour commence, et que l'autre se termine. Il marque la vie comme le déplacement du soleil indique les mois et les saisons. J'aurais pu vivre ici, sans connaître Paris et tout le reste. Le destin en a décidé autrement, ce destin qui m'a joué un vilain tour… »

Frédéric Sainturbain, imprégné de la beauté qui se révélait à ses yeux, rêva un moment, entouré du bourdonnement incessant des abeilles et insectes hôtes de ces lieux. Plus loin, aux Colombières, les violets des lilas, pâles ou foncés, avaient cédé leur tour à l'or des chèvrefeuilles.

Il pensa à Geneviève, au temps écoulé depuis… La jeune fille rieuse avait laissé place à une quadragénaire toujours belle, si ce n'était sa tenue qui aurait mérité plus de féminité. Chaussures ordinaires, pantalon et pull, avec par-dessus cette blouse… Sa coupe de cheveux à la garçonne relevait du pratique, mais ses yeux par contre jetaient toujours cette même étincelle sous la colère. Mme Loupiac, commerçante, tenait certainement très bien son affaire. Ce qu'elle avait du mal à pardonner, c'était son silence. Voilà ce qu'il faudrait résoudre. Le mystère des lettres.

Frédéric rejoignit à l'heure l'épicerie du centre, laissant sa voiture assez loin.

Derrière la porte, Geneviève lui fit signe d'emprunter le couloir desservant l'étage, le jardinet attenant et sa minuscule tonnelle, l'endroit qu'elle avait choisi pour le recevoir.

Un calme fragile avait remplacé l'emportement des premiers instants.

– Je n'ai pas d'autre endroit…, dit-elle, et même pas le loisir d'en profiter.

– Merci, ça m'ira parfaitement. On ne m'a jamais dit que tu étais enceinte, Geneviève, mais tu dois le savoir. Personne n'a daigné répondre à mes lettres, ni toi, ni les Louvière, malgré de nombreux courriers. Ton père et ton frère ont tout inventé pour m'éloigner, et aujourd'hui seulement je sais pourquoi !

– Tes lettres, ce sont des inventions. Qui aurait pu les intercepter ? C'est trop facile, je ne te crois pas, Frédéric. Moi aussi j'ai attendu de tes nouvelles, en vain. J'attendais un enfant, tu comprends ? Ton enfant ! Regarde-moi dans les yeux, est-ce que tu m'as écrit ?

– Oui, plusieurs fois, je te le jure sur ce que j'ai de plus cher aujourd'hui, notre Lysiane !

Les yeux mouillés, Geneviève commençait à admettre sa version.

– Pourquoi a-t-il fallu que tu la rencontres ?

– C'est tout à fait par hasard. Je vais peut-être en crever mais au moins, il m'est arrivé là la plus belle surprise de ma vie. Crois-moi, Geneviève, il faut que je sache avant de m'en retourner. Dis-le-moi et je te croirai.

– Ce n'est pas facile, Frédéric, mais tu es le seul homme que j'ai aimé. Ma vie n'a pas été simple. Je t'ai haï, mais je peux te le jurer, tu es le père de Lysiane, ma fille, notre fille…

– Alors je vais aimer Lysiane d'un amour de père, si elle le veut bien. Si elle refuse, je disparaîtrai de sa vie, de votre vie à toutes les deux. Je n'ai plus rien à ajouter. Merci Geneviève de m'avoir reçu.

– Tu repars tout de suite ? dit-elle, les yeux rougis.

– Oui, je n'ai pas envie de rencontrer qui que ce soit.

C'est de toi que je voulais entendre ce que j'ai entendu. De toi seule.

– Tu as le temps de prendre un café ?

Il fit oui de la tête, et déjà Geneviève courut s'affairer à l'étage. Tout avait été dit. Frédéric accueillait en lui une paix nouvelle.

Lorsqu'elle apporta les tasses :

– Si je t'avais croisé et reconnu, je crois que je t'aurais tué !

– Ce qui prouve qu'une justice existe, celle de pouvoir se justifier. Mais trop souvent on ne laisse pas les innocents s'exprimer.

Tous deux, d'un même geste, sucrèrent leur café de la même manière, la cuillère posée horizontalement sur la tasse, et le morceau de sucre dessus, jusqu'à le noyer peu à peu dans le café.

Un sourire éclaira enfin leurs visages, c'était leur manière à tous les deux de prendre le café lorsqu'ils avaient 18 ans. Cet instant de délicatesse fut brutalement rompu par Geneviève :

– Ne pense pas que tout est revenu entre nous, je ne suis plus amoureuse de toi, il y a longtemps que…

– Je ne suis pas venu avec de telles intentions, Geneviève. Je repars tranquille et apaisé, un peu vieilli sans doute. Merci encore d'avoir été franche avec moi. Au revoir, Geneviève.

Il se leva, longea le couloir et se retrouva dans la rue. Un coup d'œil à droite, un coup d'œil à gauche, et Frédéric partit sans se retourner, mais non sans avoir consulté sa montre.

Il ne s'inquiéta pas de savoir si Geneviève l'accompagnait du regard à travers la porte vitrée de l'épicerie.

Elle faisait mieux que l'accompagner du regard. Elle le remerciait. Une part d'elle-même avait redouté qu'il nie cette paternité. Tous les hommes le peuvent. Il leur suffit de tourner les talons.

Lui, au contraire, l'avait accueillie. Et de cela, Geneviève était émue.

Et de certains autres détails aussi.

9

Frédéric n'entendait pas son téléphone portable. Toutes les dix minutes la sonnerie se manifestait en vain. Le correspondant s'entêtait. Il mit du temps à émerger, et chercha de la main la source sonore, comme dans un rêve.

À moitié endormi, il appuya à tâtons sur la bonne touche.

Allô… Allô…

– C'est Lysiane, excusez-moi, j'ai tenté de vous joindre plusieurs fois, ma mère m'a appelée…

Frédéric émergea brusquement de son sommeil.

– Un instant, je suis dans ma voiture, je ne me souviens même plus où je suis…

– Vous avez eu un accident ?

– Non, rassure-toi, mais la fatigue venait, j'ai préféré m'arrêter en route. Aller et retour dans la journée, ce n'est pas prudent, mais il le fallait.

– Ma mère m'a informée que vous rentriez ce soir même.

– C'est gentil de m'appeler, ma chère Lysiane. Tout

est clair maintenant, nous nous reverrons très prochainement, qu'en penses-tu ?

– Je sais comment ça s'est passé à Boisset. Je ne pense qu'à ça, je ne sais pas trop où j'en suis, je vais être maladroite... Je ne sais pas si...

– Rassure-toi, Lysiane, il n'y a pas que toi.

– Soyez prudent pour rentrer.

Ils raccrochèrent.

Frédéric, tout à fait réveillé, sortit de la voiture pour se dégourdir les jambes. Il se trouvait sur une aire d'autoroute et, plus loin, les lumières signalaient un établissement de restauration rapide ouvert 24 heures sur 24.

Face à son café noir, il pensait à Geneviève qui avait si vite téléphoné à sa fille. « Comme certaines choses s'accélèrent. Un enfant me tombe du ciel ! Et pas n'importe lequel. Je voudrais pouvoir la serrer dans mes bras, mais ce n'est plus une enfant. »

Les faisceaux de ses phares éclairèrent droit devant la direction de Paris.

Il glissa dans le lecteur une œuvre de Ségurel, et monta le son, jusqu'à l'insoutenable, comme montait en lui la certitude d'un bonheur prochain, pas encore acquis, mais proche, si proche...

Depuis la visite de Frédéric, Geneviève se repassait le film de ce qui s'était passé, elle réentendait chaque mot, chaque intonation. Elle s'étonnait encore de son calme. Le mystère des courriers jamais reçus l'obsédait. Jusqu'au moment où elle décida de questionner Mamatie.

– Je ne peux te dire qu'une seule chose, répondit celle-ci. Ton père le sait, oui, il est même le seul à savoir…

– Mais alors toi aussi tu es au courant ?

– Non. Je n'ai malheureusement que des soupçons. Et aucune preuve. Je n'en ai jamais eu. (La vieille dame changea promptement de sujet.) Mais, dis-moi, comment c'était ces retrouvailles ? Comment est Frédéric maintenant ? C'est devenu un étranger pour toi ?

– Au début oui, mais quand il est parti, plus il s'éloignait, et plus j'aurais voulu le retenir, et je m'en veux, je m'en veux…

Mamatie se tut. Ses doutes, plus que jamais, torturaient son être fatigué.

Mais ces doutes, Geneviève les avait attrapés comme une maladie contagieuse. Dans les jours qui suivirent, elle ne cessa de penser à son père, elle rongeait son frein. Bientôt, très bientôt, elle réglerait l'affaire, au jour et à l'heure qu'elle choisirait. Et une vague de feu submergeait ses entrailles.

La comtoise venait de sonner la demie de trois heures quand Geneviève rejoignit les Chèvrefeuilles.

La maison des Granevas était déserte, mais à l'étage, Mamatie, prévenue, veillait.

Geneviève avait attiré son père dans la pièce principale. Elle l'invita à s'asseoir, et attendit qu'il lève les yeux vers elle.

– J'aimerais que tu me dises pourquoi je n'ai jamais

reçu la moindre nouvelle de Frédéric quand tu l'as fait chasser du pays ?

L'homme se figea sur son siège, le regard mauvais.

– Drôle de question que tu me poses là... il ne t'a pas écrit, c'est tout.

– Il est venu me voir dernièrement, et ce n'est pas sa version... Alors ?

– Il a osé ! Ce salaud, ce voleur !

Pierre Granevas tenta de se lever, mais Geneviève le maintint sur son siège. Le visage de son père avait pris la couleur de la farine.

– Reste donc assis, ce n'est pas terminé. Tu l'as calomnié, il ne te convenait pas comme gendre, un gars de l'assistance pour un futur maire...

– Comment oses-tu ? Tu t'adresses à ton père !

Son regard était devenu menaçant.

D'un mouvement rapide, elle se précipita vers la cheminée, décrocha le fusil de chasse et pointa l'arme sur Pierre Granevas, dont les traits se décomposaient.

– Tu es devenue folle ?

– C'est l'heure de vérité, cher père. Tu ne sortiras pas de cette pièce avant d'avoir tout dit.

Il eut un ricanement.

– Il n'est pas chargé, tu es ridicule ma pauvre fille !

Elle plia l'arme et lui montra les deux cartouches qu'elle avait glissées à l'intérieur.

– Allons-y. Qui a détourné le courrier de Frédéric ? Non seulement celui qui m'était destiné mais aussi celui des Louvière ?

– Tu n'oseras pas tirer sur ton père !

– Mon père ? Quel père ? Celui qui a brisé ma vie,

celui qui m'a mariée de force à Armand Loupiac, ce pauvre homme qui a fait semblant d'y croire… ?

– Tu ne tireras pas !

Par la fenêtre ouverte elle dirigea l'arme vers un fruitier innocent et appuya sur la détente. Elle reçut le choc contre son épaule et se retourna aussitôt vers son père.

La détonation avait attiré Mamatie qui ouvrit la porte à l'étage, pour s'assurer que le pire n'était pas arrivé. Elle retourna dans sa chambre, en tremblant comme une feuille. Sa confiance en Geneviève avait vacillé pendant quelques secondes.

– Alors ? La deuxième est pour toi, je n'hésiterai pas à te détruire comme tu m'as détruite. Je vais te simplifier la tâche. J'ai posé sur la table de quoi écrire, les écrits restent. Et dépêche-toi, au cours des années j'ai perdu toute patience. Et n'oublie pas un seul détail, il y va de ta vie !

Pierre Granevas s'installa à la table. Il hésita un long moment, son regard fuyant celui de sa fille, puis il se mit à écrire sous la menace du canon dont l'un des deux trous noirs qui s'étaient bougrement rapprochés sentaient encore la poudre.

Ses mains cherchaient encore à gagner du temps. Mais livrer ses secrets ou mourir, il avait choisi !

Pendant l'interminable silence qui suivit, Geneviève aperçut du coin de l'œil la tête curieuse et inquiète de Mamatie, tandis que Granevas écrivait.

– Tu dates du samedi 30 mai 1981 et tu signes, ordonna Geneviève, plus déterminée que jamais. J'espère que tu n'as rien oublié ?

L'homme leva les yeux vers sa fille :

– Tu vas en faire quoi, de ce papier ? Qu'est-ce que tu manigances ?

Pour toute réponse, elle saisit le bloc de papier.

– Si ça ne va pas, tu recommenceras, ajouta-t-elle en lisant du coin de l'œil.

– Il y a des gens dehors. Avec ce coup de fusil…

– Tu leur raconteras que tu voulais essayer ton engin. Tu sais mentir sans problème, il me semble ! Bien, tout y est, tu peux sortir maintenant.

Gravenas se dirigea vers la porte, et la déverrouilla. Mais avant de sortir il se tourna vers sa fille :

– À l'époque, y'avait pas d'autre solution, dit-il avec quelque chose d'étrange dans les yeux. (Puis il ajouta :) Ta mère n'a jamais su…

Geneviève ouvrit à nouveau le fusil, le débarrassa des deux cartouches, la pleine et la vide, et le reposa dans le râtelier, avant de rejoindre l'appartement de Mamatie.

La vieille dame l'attendait, mi-inquiète, mi-ravie. Geneviève lui tendit la page de confession.

– C'est bien ce que tu savais ?

Mamatie ajusta ses lunettes, et parcourut longuement cette écriture qu'elle avait oubliée. Ce fils, son seul fils, avait commis l'irréparable. La preuve tremblait dans ses mains, celle qu'elle avait redoutée depuis tant d'années. Son cœur de mère se déchirait.

Geneviève lisait par-dessus son épaule, se maîtrisant du mieux qu'elle pouvait.

« Je soussigné Pierre Granevas, j'ai moi seul monté l'affaire des vols contre Frédéric Sainturbain. J'ai aussi soudoyé le facteur de l'époque, le père Jules, afin qu'il me remette tout courrier destiné à ma fille Geneviève et aux Louvière et venant de Frédéric. Le père Jules n'a jamais parlé. »

« Frédéric avait raison, fulminait Geneviève. Toutes ces années de mensonges, de trahison… Et au cœur de ce marais, ma chère Lysiane. »

Elle enfourcha sa bicyclette sans le moindre regard en arrière et appuya de toutes ses forces sur les pédales.

Il fallait que Lysiane sache la vérité. Au moins une partie, celle qui dédouanait Frédéric.

– Voilà, tu sais tout. Mon père est responsable de son départ, et Frédéric est la victime innocente d'un coup monté. Un sale règlement de comptes.

– C'était donc vrai, murmura Lysiane. Il n'a pas été le mauvais garçon que…

– Victime d'une cabale sordide, mise en place par mon propre père et avec l'aide de Serge, qui crevait de jalousie.

Geneviève ne décolérait pas. Sa pâleur inquiétait la jeune fille à qui ces événements donnaient le vertige. Elle s'assit, le souffle coupé.

– Te voilà comme moi avec la vérité, je n'arrive pas encore à y croire, et pourtant…

Geneviève secoua la tête, elle avait honte tout à coup, de sa famille, de son village, et d'elle-même, qui avait si facilement accepté la version malveillante.

Le seul homme qu'elle avait jamais aimé était venu à elle spontanément, il avait bravé le qu'en-dira-t-on. Et une onde de tendresse la gagna. Le jeune homme de son passé était devenu un homme superbe, mûr, sûr de lui. Seuls ses yeux avaient conservé ce mystère, cette manière infiniment douce de se poser sur les autres.

Et quelque chose d'incompréhensible s'éveilla en elle. Cet homme était son Frédéric. C'était lui. Enfin.

Puis sa colère contre Pierre Granevas, son propre père, refit surface. Elle décida de ne plus jamais lui adresser la parole. Et s'en fit le serment.

Frédéric avait non seulement retrouvé son dynamisme, mais une joie qui colorait d'espoir son avenir.

À Premier comme à l'Assiette on murmurait : « Le patron a dû faire une nouvelle conquête, il est transformé, on dirait qu'il rajeunit… » Il se sentait en effet un homme nouveau, et avait repris les rênes de ses affaires quelque peu délaissées, avec un enthousiasme neuf.

Il prit l'initiative d'inviter Lysiane à dîner.

Les débuts difficiles, prudents, devinrent peu à peu une douce habitude. Ils apprirent à se connaître, à s'estimer. Et surtout, à parler à cœur ouvert. Lorsque Lysiane lui avait demandé s'il nourrissait des rancœurs envers le village, son père avait haussé les épaules.

– Le bonheur que tu m'apportes efface tous les tourments du passé. Le miracle a eu lieu, et j'en remercie le ciel chaque jour.

– Pour moi aussi c'est un chambardement. Je porte le nom des Loupiac, comme ma mère, et voilà qu'aujourd'hui… Ma mère et moi avons été chassées de cette famille, qui avait accepté un lourd fardeau, il ne faut pas l'oublier. Je n'ai jamais revu ces gens, je ne connais que la tombe d'Armand Loupiac dans le cimetière. Ma mère s'y arrête à la Toussaint. Chaque année, elle me répète : C'est ici que repose mon mari. Puis nous repartons, en silence. Je n'ai jamais reçu d'affection de leur part, ou alors, j'étais si petite que je n'en ai gardé aucun souvenir. Les Granevas ont été ma famille, surtout Mamatie. Grand-père n'a jamais montré aucun sentiment pour moi, mais il ne m'a jamais fait de mal, il criait après moi lorsque je faisais des bêtises en disant : « Elle est intenable celle-là, nom de Dieu ! » Et j'avais l'impression qu'il se retenait d'en rajouter, je m'en souviens !

Frédéric l'écoutait en songeant aux années passées sans elle, sans Geneviève. Une Geneviève qui occupait étrangement ses pensées.

Il avait presque oublié que la République avait un nouveau président. Ce qui intriguait fort ses amis. Ils le pressaient de questions.

– Il n'y a qu'une femme pour transformer un homme tel que toi, allez, raconte-nous, mon vieux.

– C'est vrai..., répondait-il avec un clin d'œil qui les plongeait davantage encore dans le mystère. Ce n'est pas seulement une femme, mais deux !

10

Frédéric Sainturbain possédait maintenant des photos de Lysiane et bien souvent il s'attardait à les contempler. « Comment vas-tu m'apprécier en temps que père ? En voilà une épreuve ! Je sais que tu es ma fille mais ça ne suffit pas… Je n'ai encore rien fait pour toi. À partir de ce jour, je vais m'efforcer de rattraper le temps perdu. »

Encore fallait-il qu'elle le veuille. Quand ses yeux verts s'accrochaient aux siens, le passé le tirait en arrière. « Je ne sais pas de qui elle tient ce regard, ce n'est pas le mien, ni celui de Geneviève, ni ceux des Granevas. Peut-être celui de ma mère ou de mon père ? Je ne le saurai jamais. »

Comme Frédéric, Lysiane gardait ce lien secret, et même Florence Forest, sa colocataire, ignorait tout de ce chambardement. Lysiane assurait de moins en moins son service au Lapin Bougon, mais le propriétaire semblait la soutenir.

Un soir, alors qu'elle dînait dans un restaurant avec Frédéric, elle lui confia ses projets sans retenue.

Frédéric avait connu lui aussi ces situations précaires, et ne les avait maîtrisées qu'avec beaucoup de ténacité. La candeur de Lysiane le bouleversait. Comment lui dire, comment lui faire comprendre qu'il était là, qu'il serait présent dans l'avenir ?

Il laissa la conversation lui dépeindre ce monde de la couture dans lequel Lysiane semblait tellement à l'aise, telle une jeune truite ondulant dans le courant de sa rivière. Puis, n'y pouvant plus :

– Un père qui n'a rien fait pour sa fille n'est pas un père, tu es d'accord sur le principe ?

– Une fille qui découvre son vrai père à mon âge a bien du mal à répondre, répondit-elle avec un sourire. J'ai vécu en orpheline et brusquement vous êtes là, nous sommes là tous les deux… ce n'est pas encore familier pour moi.

– Les jours passent, et lorsque tu me diras… que tu me reconnais enfin comme père, je serai l'homme le plus heureux de la terre.

Elle lui souriait et ses magnifiques yeux verts ne mentaient pas. Il aurait voulu lui dire encore… mais il ne voulait pas la brusquer. Il lui dit simplement :

– Tu as des nouvelles de ta mère ?

– Oui, elle va très bien, je crois même qu'elle…

– J'y pense aussi, Lysiane.

La jeune fille marqua un petit silence, puis se jeta à l'eau :

– Et vous, vous avez des nouvelles de Juliette ?

– Non.

– Excusez-moi, se reprit-elle en baissant le nez. Pardon.

– Ne t'excuse pas. Nous avons rompu, ça devait arriver tôt ou tard. Je dois avoir l'âme d'un célibataire, ajouta-t-il en riant.

Puis ils parlèrent du Cantal, et sur ce sujet tous deux entraient en osmose parfaite. Frédéric raconta des histoires vécues avec Geneviève, son amie d'enfance, ce qu'elle avait été avant leur amour.

– La prochaine fois, je t'en dirai davantage…

Au moment de se séparer, il la serra dans ses bras comme il n'avait jamais osé le faire.

Elle ne se dégagea pas.

À l'Assiette Auvergnate, ainsi qu'à Premier, tout allait pour le mieux, le chiffre d'affaires annonçant une augmentation sensible. Les formules des nouvelles truffades, récemment mises en place, attiraient chaque jour plus de gourmets.

La recette nouvelle consistait en un accommodement subtil de liqueur de châtaignes, de gentiane ou de verveine d'au moins 25°, dont on arrose la truffade une fois servie. Ces saveurs fortes apportaient une incomparable bouffée de terroir auvergnat à ce plat typiquement cantalien.

Mais il manquait à Frédéric une présence féminine. L'arrivée d'une enfant dans sa vie était une chose, mais…

Il décida de s'en ouvrir à Lysiane.

– J'ai cru comprendre au téléphone que vous aviez quelque chose d'important à me dire ?

Frédéric opina du chef.

– Oui, mais commençons à dîner !

Il gagnait du temps, ce qu'il avait à dire demandait quelques précautions, mais l'angoisse l'étranglait.

– Non, dites tout de suite, je suis curieuse !

– Comme toutes les femmes. Voilà. Je... je voudrais vous parler. Et maintenant je te vouvoie ! Ce que je veux te proposer me tient tellement à cœur...

– C'est si grave, Frédéric ?

– Ta mère a confirmé sans ambiguïté que tu étais ma fille, n'est-ce pas ?

– Bien sûr.

– Alors, je souhaiterais officialiser ma paternité. Avec ton accord et celui de ta mère, bien sûr.

Lysiane s'immobilisa, les yeux dans les siens.

– En deux mots, je voudrais te reconnaître officiellement comme ma fille.

Il souffla profondément, comme après une course de fond.

Le serveur qui s'avançait devina l'instant sensible et fit demi-tour.

– Je ne sais pas quoi vous répondre, mon cœur s'emballe, et il y a de quoi. Si je m'attendais...

– Écoute, Lysiane. Tout ce qui nous arrive aujourd'hui n'est que l'accomplissement d'un destin écrit depuis longtemps et qui avait pris du retard. Tu ne crois pas ?

Elle demeurait interdite. Il lui prit la main avec la tendresse d'un père attentionné.

– J'ai quarante-trois ans, pas trop de soucis matériels, et pas de famille. Aujourd'hui tout a changé, tout va changer encore. Si tu n'acceptes pas ma proposition, tu resteras toujours ma fille secrète… Les Loupiac vous ont rejetées, ta mère et toi, rattrapons le temps perdu. Mon sang coule dans tes veines, Lysiane, mais pas une goutte de celui des Loupiac, voilà la vérité.

Lysiane ne retrouvait pas son souffle.

– Et… vous avez pensé à ma mère, Frédéric ?

– Oh oui ! Et je ne cesse de l'imaginer face à cette demande. Je ne te prends pas à elle, je ne t'enlève pas, je fais seulement ce que mon cœur me commande. Un père doit tout d'abord l'honneur à ses enfants, et je suis bien décidé à racheter celui de ta mère et toi, si tu acceptes. Nous avons du chemin à faire ensemble.

– Comment comptez-vous vous y prendre avec ma mère ?

– Je lui dirai ce que je viens de te dire, pas un mot de plus.

Lysiane se perdait dans des réflexions floues et ne trouvait aucun repère.

Frédéric posa sa main sur la sienne.

– Tu vas réfléchir, le temps que tu voudras, le temps qu'il te faudra. Viens, allons marcher, ça nous changera les idées. Tu me parleras chiffon…

Pour la première fois, elle glissa sans manière son bras sous le sien.

Frédéric perçut une chaleur nouvelle entre eux, celle de la confiance.

Ils marchèrent longtemps, arrimés l'un à l'autre, sans un mot, unis dans une sorte d'acceptation des événements.

Lorsqu'ils se quittèrent, ce fut le tour de Lysiane de le regarder s'éloigner. « Quel bel homme il est ! » Et elle se surprit à rire, d'elle-même et de ses peurs.

« C'est ma mère qui doit décider en premier lieu. Nous vivons toutes les deux des moments incroyables. Et Mamatie ? Je l'avais un peu oubliée… Elle ne va pas en revenir ! »

Lysiane parla de plus en plus de Frédéric à sa mère, l'apaisant, la préparant au souhait de Frédéric.

Geneviève s'habituait elle aussi à ces échanges qui tiraient d'elle un mystérieux sourire.

À Boisset-le-Château, un homme connu décéda, et Geneviève dut se rendre à ses funérailles. Le défunt, fort respecté de tout le village, réunissait autour de sa dépouille plus des trois quarts des habitants de la commune.

À la sortie de l'église, la foule, lentement, se groupa par connaissance. Geneviève se retrouva tout à coup éloignée des siens et face à Gustave Loupiac, son beau-père qui les avait chassées de chez lui, elle et Lysiane. La première rencontre depuis ce triste jour. Elle n'eut que le temps de voir ses yeux pleins de haine avant qu'il ne lui lance brutalement :

– Espèce de salope ! T'es pas digne de porter mon nom !

Geneviève se paralysa sur place. Ces yeux, ce visage-là dégoulinaient d'une haine maladive.

Geneviève ne se rendit pas au cimetière. Elle ne chercha pas non plus la compagnie de ses parents. Le coup de poignard l'avait atteinte profondément. Les racines du mal demeuraient bien vivantes. De cette rencontre, elle ne parla à personne, sauf à Mamatie, en secret.

L'aïeule se garda de tout jugement, mais répéta à Geneviève :

– Occupe-toi bien de Lys. Cette rencontre avec son père n'en restera pas là, tu peux t'en douter. Et ça ne va pas plaire à tout le monde.

– Elle me parle souvent de lui au téléphone. Elle n'a rien dit sur la confession de ton fils.

La vieille dame eut un sourire qui en disait long sur l'intelligence de sa petite-fille.

– C'est une très bonne chose qu'elle ait son appui, surtout après ce qui s'est passé avec Loupiac ! Et puis... je ne serai pas toujours là. Je crois que le printemps se fera sans moi cette année...

– Maman ! Arrête de te faire ce genre d'idées.

– Pourquoi ? Tu me crois éternelle ? Veille plutôt à ce que tout rentre dans l'ordre pour Lys... et pour toi ma fille. Tu as eu ton lot d'épreuves.

Geneviève se serra contre elle, comme lorsqu'elle était petite fille. C'est si difficile de se dire qu'un jour...

Mamatie, tout au long de sa vie, avait tenté de maintenir les liens entre Geneviève et ses parents, le payant souvent de quelques remarques acides. Malgré le mariage forcé avec Armand Loupiac, son père lui en voulait toujours ; elle l'avait sali par son comportement. Cette rigueur d'un autre temps, plus ancrée encore dans les campagnes, l'avait empêché de voir la douleur de sa fille, il n'avait jamais ôté ses œillères, même après son éviction du conseil municipal et ses rêves brisés. Son fils Serge avait largement profité de la situation, et c'était « le fils », le futur héritier des biens, l'homme toujours prioritaire. Mamatie, en observatrice et protectrice attentive de la famille, avait serré les dents plus d'une fois. Sa sagesse, mais surtout son titre de propriétaire en imposaient aux descendants, du moins en attendant qu'elle disparaisse. L'héritage ! De quoi nourrir les impatiences aux Colombières, dans la belle propriété de Chèvrefeuilles, sous la vaste toiture grise des lauses ancestrales. « La grande maison des Colombières », disaient les gens du pays. Celle que Mamatie avait héritée de ses parents, et se faisait un devoir de conserver.

La vie des campagnes se faisait discrète, en cette fin d'année. Les champs pour la plupart avaient été ensemencés et certains montraient déjà la germination des blés qui ne craindraient pas les rigueurs de l'hiver. Le vent bientôt ne serait plus freiné dans ses folies que par les granges et les maisons, vu les collines mal orientées, qui lui donnaient de l'élan au lieu de le ralentir.

Chez Frédéric Sainturbain, les saisons froides de Paris amélioraient les affaires, guidaient les frileux vers les cafés et les restaurants. Les terrasses se désertaient, la tour Effel attendait son habit de lumière.

À Boisset-le-Château, quelques décorations brillantes et lumineuses marquaient chez les commerçants la période des fêtes de fin d'année. Rien de comparable à l'explosion des lumières de Paris, certes. En Auvergne, on gaspillait peu, ce qui n'empêchait pas de préparer activement la soirée de Noël et du jour de l'an, chacun avec ses moyens.

« Ce n'est pas un Noël ordinaire, se répétait Geneviève, et pourtant je le passerai seule. »

Elle ne manquerait pas une visite à Mamatie et lui apporterait la veille chocolat et friandises, mais elle ne partagerait pas les repas traditionnels avec les Granevas, non, ni cette année ni les autres, après ce qui s'était passé entre son père et elle. Au cas où son frère, sa belle-sœur ou ses neveux lui en demanderaient la raison, la réponse était prête : Demandez à Marcel Granevas, mon père, il saura vous expliquer !

« Ah ! celui-là ! se répétait Geneviève, en songeant à Frédéric, le voilà revenu dans ma vie. J'étais presque tranquille entre mon travail et mes habitudes. Il est resté le plus beau. Il a toujours été le plus beau d'ailleurs. Et qu'aujourd'hui, avec tout ce remue-ménage, je me surprends à penser que… Je suis folle ! Contiens-toi ma fille, tu n'intéresses plus personne de sérieux, maintenant. Je ne souhaite qu'une chose et je suis capable de prier pour ça : Que tout se passe bien pour Lysiane. Qu'elle le considère pour ce qu'il a été pour moi : l'homme qui m'a aimée si tendrement, si follement. Comment dire à Frédéric que je sais tout sur son départ précipité ? »

Ne sachant quoi offrir à Lysiane, Frédéric lui fit envoyer un immense bouquet de roses blanches au soir du 24 décembre.

11

Vendredi 1er janvier 1982.

« Froid à venir sur toute l'Europe, annonce la radio. »

À Boisset-le-Château, ce n'est pas la Sibérie, le village est protégé par son environnement, et ses habitants apprécient.

Geneviève a ouvert son épicerie jusqu'à midi, il manque toujours un petit quelque chose aux retardataires et aux étourdis. Bonne année par-ci, bonne année par-là.

Il y a aussi ceux qui s'en moquent comme de leur première chemise mais ceux-là n'oublient pas de lever le coude au café, les vieux garçons principalement.

Ouf ! Midi a sonné au clocher du village, rideau ! Elle s'est rendue la veille à Chèvrefeuilles, a eu sa fille au téléphone, tout va pour le mieux. Son « fristi » comme elle dit, mijote dans la cocote en fonte. Un confit de canard accompagné de châtaignes. Elle en aura même pour le lendemain. L'après-midi s'annonce devant la télévision, pleine de tranquillité.

La sonnerie du téléphone la fait sursauter et elle lâche un :

– Zut, c'est pas bien le moment !

– Bonjour Geneviève, et bonne année !

Elle se fige. Quelle autre voix la rendrait ainsi muette.

– C'est Frédéric.

– Je t'avais reconnu, ta voix… je veux dire que tu n'as pas une voix ordinaire. Quelle surprise !

– J'espère ne pas te déranger, mais comme je pensais à toi, je profite du Nouvel An pour te présenter mes vœux.

– Merci, Frédéric. Tu me fais plaisir. J'étais en train de surveiller la cocote sur le feu. Alors, comme ça, tu pensais à moi en ce 1er janvier…

– Depuis que… enfin… Je pense bien souvent à toi. C'est bête, n'est-ce pas ? Avec Lysiane, nous parlons de toi et…

– Que puis-je te souhaiter pour cette nouvelle année ? De bonnes affaires ? La santé ? le coupa-t-elle.

– J'ai eu plus que je ne pouvais espérer, cette année. Et pourtant…

– Il manque toujours quelque chose aux hommes, c'est ainsi depuis toujours. Tu ne ferais pas un saut au pays dans le printemps ? osa-t-elle soudain. Nous… enfin, nous avons des souvenirs. À condition que Lysiane soit d'accord, bien sûr. Je crois qu'elle ne te déteste pas.

Elle reconnut son rire, et sa gorge se serra.

– Aux beaux jours, tu as raison. Boisset-le-Château me manque depuis plus de vingt ans et il n'y a pas que lui.

– Excuse-moi, lança-t-elle soudain, j'ai le fristi qui « rabine », ne quitte pas.

Le confit commençait à attraper au fond de la cocote noire et Geneviève pesta bruyamment. Ils en rirent ensemble, et après s'être promis de se rencontrer, Frédéric lui dit :

– Encore une fois bonne année, Geneviève, je t'embrasse.

– Moi aussi, ajouta-t-elle, très impressionnée tout à coup. Au revoir.

Elle raccrocha. Ce premier janvier prenait une tournure qui lui échappait. Elle se mit à tourner dans sa cuisine, cherchant ceci, déplaçant cela, incapable de se poser.

Appellerait-il sa fille ? Non !

Cet appel n'avait été que pour elle, du moins elle voulait s'en convaincre.

Enfin assise devant son repas de fête, elle oubliait qu'il refroidissait. L'espoir qui naissait au fond de son cœur, ce nid déserté depuis longtemps, lui faisait peur. Frédéric avait semé cette graine dangereuse qu'elle voulait soudain voir germer une deuxième fois dans sa vie. L'incertitude la torturait. Que viendrait-il faire dans ce coin du Cantal, dans cette châtaigneraie qui coiffait sa perruque blonde au mois de juillet ? « Je suis bien trop naïve… Je me monte le bourrichon. »

Elle expédia son repas devenu insipide.

Installée devant le poste de télévision qu'elle ne regardait pas, elle écoutait sa mémoire l'entraîner vers son enfance, à Chèvrefeuilles. Ses douze ans lui lançaient des images, et elle voyait deux garçons, son frère Serge et Frédéric, le petit orphelin des Louvière. Cette vie en commun, sur les chemins de l'école et dans les mêmes classes, l'avait conduite, tout doucement, vers sa vie de femme. Il y avait eu le catéchisme pour les trois garnements, et puis pour les deux derniers ensuite, le premier ayant fait sa communion. À douze ans ils firent la leur, ensemble. Geneviève réentendait sa voix qui priait sa mère : « Il ne faut pas qu'il soit tout seul, et même avec Marie et Anselme Louvière à ses côtés, ça ne suffit pas, j'aimerais tellement qu'il soit avec moi, s'il te plaît, maman, invite-le, invite-les tous pour le gâteau ! »

Mamatie s'était jointe à elle, seul Serge s'était renfrogné. Ce fut une belle journée qu'on avait fixée sur une photo, elle devait dormir aujourd'hui au fond d'un tiroir. Geneviève en robe de communiante et Frédéric avec son brassard immaculé.

– Nous étions si beaux et si jeunes, dit tout haut Geneviève.

Elle partageait alors son temps entre Chèvrefeuilles et Lilas, au grand dam de ses parents qui n'appréciaient pas ses escapades, sauf à l'automne, quand Frédéric et elle s'en allaient ramasser des champignons dans des coins connus d'eux seuls. Ils revenaient avec des paniers pleins de cèpes et partageaient entre les deux familles. Et la braconne ? Ils pataugeaient dans les ruisseaux serpentant les prairies et les sous-bois. « Tu es un garçon manqué ! » s'écriait Mamatie en riant aux éclats.

À la fin de leur scolarité, c'est-à-dire après le certificat d'études, ils demeurèrent de vrais amis et se tenaient par la main, parfois pour énerver les autres. Elle aimait jouer ce rôle, pendant ce temps personne ne lui prenait son Frédéric qui devenait un magnifique garçon, plein d'entrain et de bonne humeur, un amuseur, danseur et chanteur doué. Elle sentait la jalousie des autres filles et s'en moquait, personne ne pouvait les séparer.

« Nous sommes devenus presque adultes. À quel moment ? On s'est regardés différemment tout à coup. Puis on a osé se dire qu'on se plaisait, et à force de le dire on a fini par s'embrasser. C'est vrai, j'étais folle de lui… Mon frère s'en est aperçu, et plus rien n'a été pareil. »

La luminosité de l'écran la fit ciller.

– Quelle gourde je suis ! lança-t-elle à sa nostalgie.

Une nouvelle année venait de commencer.

Geneviève en frissonna. Qu'allait-elle lui apporter, ou lui prendre ?

Mamatie n'était pas au mieux en ce début 1982.

Dès le mois de février, le médecin vint la visiter à plusieurs reprises.

– Madame Granevas a attrapé une mauvaise grippe, et avec cette méchante toux, son cœur montre des faiblesses. Il faut en prendre bien soin ou l'hospitaliser.

– Elle ne voudra jamais, répondirent les Granevas.

– Il faut maintenir une bonne température dans son appartement et veiller à ce qu'elle prenne ses médicaments.

Sa belle-fille faisait de son mieux, passait le plus de temps possible auprès d'elle, entre la préparation des repas pour la maisonnée. Geneviève, quant à elle, venait tous les soirs.

Un jour, Marcel Granevas lança à sa femme, alors qu'il descendait de chez sa mère :

– Je doute qu'elle tienne longtemps. Elle ne se fait pas jeune, et ce putain de froid qui n'en finit pas ! Dommage que l'hôpital coûte si cher…

– Elle a eu des moments bien pires, souviens-toi, Marcel.

– Oui, mais elle était plus jeune. Et aujourd'hui, il serait bien temps, pour la succession…

Delphine fit mine de ne pas entendre.

Geneviève tenait sa fille au courant de la santé de Mamatie, mais sans vouloir l'alarmer. Elle connaissait son immense attachement à la vieille dame, et parlait de la grippe, du froid, et ajoutait qu'au printemps tout irait mieux.

Vers la fin février, l'aïeule sentit sa santé s'améliorer, ses pommettes avaient retrouvé un peu de couleur. Elle ne quittait pas sa chambre. Un soir, elle demanda à Geneviève de s'approcher tout près d'elle.

– Quand je ne serai plus là, chuchota-t-elle, promets-moi de bien t'occuper de ma princesse. Elle a besoin d'être aimée cette petite, elle a manqué d'amour, comme toi tu en as manqué.

Geneviève l'embrassa si tendrement que sa peau semblait boire les larmes de la vieille dame.

– Je te le promets, Mamatie ! Je te le promets ! Mais le printemps sera là dans deux jours, la douceur va revenir, les beaux jours aussi et…

Elle se tut, voyant qu'elle s'était endormie, épuisée sans doute par ces quelques mots. Geneviève ne put s'empêcher de lui glisser à l'oreille :

– Lysiane va arriver, elle me l'a dit, et quand elle promet elle tient parole.

Puis elle posa sa tête tout contre celle de Mamatie, et sans le vouloir lui communiqua ses sanglots mal contenus.

La vieille dame dormait profondément, sa respiration semblait s'accorder au glissement silencieux des aiguilles de la pendule.

Dans l'escalier, Geneviève croisa Delphine qui lui dit :

– On dirait qu'elle ne tousse presque plus…

Elle fit oui de la tête, peu convaincue, avant de regagner Boisset-le-Château.

Tard dans la soirée, Delphine s'inquiéta du feu dans la chambre du haut et le garnit suffisamment pour qu'il tienne jusqu'au lendemain matin.

– Je monterai la voir dans la nuit, annonça Granevas, plus inquiet que d'habitude.

Le lendemain matin, on découvrit Mamatie sans vie, dans son grand lit de chêne, sous l'édredon tendu de satin grenat. C'était le dimanche 21 mars 1982, premier jour du printemps.

On arrêta la pendule.

La température ne s'accordait pas à la nouvelle saison, le vent plaquait en rafales les giboulées glacées.

L'église de Boisset-le-Château était à peine assez grande pour accueillir ceux qui venaient accompagner une dernière fois Mamatie : Marie-Hélène Granevas. Lysiane et sa mère, agrippées l'une à l'autre, conscientes qu'elles perdaient celle qui avait été presque une mère, se tenaient près du catafalque où reposait, dans son cercueil de bois veiné, le corps de Mamatie.

La famille se tenait au premier rang, les femmes d'un côté, les hommes de l'autre. Le curé, dans son homélie, retraça la vie exemplaire et chrétienne de la défunte, cette grand-mère et arrière-grand-mère dévouée à sa famille et respectée de tous.

Tous l'accompagnèrent au cimetière où elle rejoignait son mari, Sylvestre Pierre Granevas.

Le froid s'était intensifié, et certains, dans le cortège, auguraient que la neige n'était pas loin. Tout au bout du cortège, un homme se tenait à l'écart. Il s'agissait de M. Loupiac, le beau-père de Geneviève, celui qui l'avait injuriée quelque temps auparavant. Il avait tenu à être présent, mais il ne s'approcha pas de la famille qui recevait les condoléances. Il n'avait pas dépassé la chapelle du cimetière, non loin de l'entrée. Pourtant, de loin, son regard croisa celui de Geneviève. Il inclina alors discrètement la tête et disparut.

Alors que le cercueil de Mamatie descendait dans la fosse, la neige, subitement, se mit à tomber. Geneviève et Lysiane se regardèrent. Quand la neige se trompait d'époque, Mamatie aimait à dire : « Tiens, la Sainte Vierge plume ses oies… »

Dès la fin de la cérémonie, Marcel Granevas invita les siens à venir déjeuner chez lui, selon la tradition. Geneviève et Lysiane s'excusèrent et s'en retournèrent chez elles.

La neige tombait maintenant en lourds flocons ressemblant parfois à des *pilles*, des bouts de chiffons déchirés.

– Elle va avoir froid, ne put s'empêcher de murmurer Lysiane en serrant fortement le bras de sa mère.

Elles déjeunèrent à Boisset-le-Château, loin des autres, au-dessus de l'épicerie fermée pour cause de deuil. Lysiane parlait peu, observant à travers les carreaux embués la lente descente de la neige.

– Crois-tu qu'ils pourront…

– Oui, Lysiane, ce soir nous retournerons là-haut. Elle est en paix, rassure-toi. Il faut manger maintenant, je t'ai préparé ce que tu aimes…

Peu à peu, elles parvinrent à échanger des mots d'apaisement, et la douce chaleur de l'appartement les y aida.

– Je ne l'ai pas dit à Frédéric, dit soudain Lysiane.

– Tout se fera en son temps, il nous est arrivé tellement de choses que je me demande ce qui nous attend encore.

– J'ai perdu Mamatie, nous avons retrouvé Frédéric… Il t'arrive de penser à lui, maman ? osa soudain Lysiane.

Geneviève tenta de gagner du temps avant de répondre. Mais elle dissimulait mal, elle préféra se jeter à l'eau.

– Oui, ma fille, je pense beaucoup à lui et à toi. Je ne peux pas faire autrement. Et toi, ma petite, comment t'en sors-tu de ce chamboulement ?

– Quand je pense à lui, je me répète : C'est mon père, c'est mon père ! J'ai de nouveau un père ! Tu te rends compte, maman ? Et pourtant, je suis aux yeux de tous une Loupiac, comme toi !

Après un long moment, Geneviève s'approcha d'elle et la prit dans ses bras.

– C'est notre destin…

Dehors, la neige installait son inlassable manège, et une blancheur silencieuse s'emparait peu à peu du pays.

– Le ciel pleure lui aussi, avec ses larmes à lui. Je suis sûre que Mamatie aurait aimé voir ce spectacle rare chez nous au printemps. Rappelle-toi comme elle aimait te raconter des histoires au coin du feu, quand dehors il pleuvait ou neigeait. Tu te rappelles l'arbre aux lichens ? Il doit être magnifique aujourd'hui.

– Je m'en souviens si bien que je viens d'identifier à l'instant la direction que ce vieillard indiquait de son bras tendu. Le lieu où repose pour toujours Mamatie…

– Lysiane, c'est un pur hasard…

– Je n'en suis pas si sûre.

Et pour la première fois elles échangèrent un tendre regard complice.

Elles se rendirent au cimetière, le tertre de la tombe de Mamatie débordait de fleurs. Les piétinements des terrassiers avaient souillé la blancheur des alentours.

– J'espère qu'il neigera encore pour rectifier le blanc immaculé. Et je l'entendrai me raconter encore une fois : « Alors que le soleil matinal se lève sur notre campagne, il ne découvre qu'une blancheur immense, si éclatante qu'il cligne les yeux en demandant : Mais où est donc Chèvrefeuilles, le hameau de la princesse Lys ? »

12

Il fallut bien revenir à Paris, le cœur meurtri.

À force de redouter ces tragiques événements, on croit les apprivoiser, mais lorsqu'ils surviennent, ils nous laissent plus démunis encore.

Bien sûr, Lysiane savait que Mamatie n'était pas éternelle, mais la perte est un gouffre profond. Florence s'efforçait d'atténuer sa souffrance. Alors, fragilisée, écorchée de douleur, Lysiane se confia à son amie et lui parla enfin de Frédéric… de sa véritable histoire.

– Tant de choses m'arrivent depuis quelques mois. Me voilà avec mon vrai père et l'amour de ma mère.

– Quelle histoire, Lysiane ! Et pour ta mère, c'est incroyable.

– Je trouvais la vie bien monotone depuis ma séparation d'avec Charles, tu te souviens de Charles ?

– C'était pourtant du sérieux… Charles par-ci, Charles par-là…

– Côté travail, je vais être nommée responsable de mon atelier, il y a une dizaine de personnes.

– Toutes mes félicitations. Mais tu en es heureuse au moins ? Toi qui voulais des responsabilités ?

– J'aurais préféré avoir la responsabilité d'une boutique et vendre. Je ne passerai pas ma vie dans une clinique du vêtement, mais je vais accepter pour le moment, la paye est intéressante.

Florence voulut en savoir davantage sur ce fameux Frédéric.

– Il se comporte comment avec toi ?

– Il est heureux d'avoir une fille comme tu ne peux pas imaginer. Il ne s'est jamais marié, il a rompu avec sa dernière compagne. Voilà, mon père s'appelle Frédéric Sainturbain, et de plus il n'est pas mal, tu ne trouves pas ?

– Si j'avais su qu'il était ton père, comment je l'aurais regardé ! Je ne l'ai aperçu que quelques minutes…

– Tu auras l'occasion de le voir, je te le promets.

Lysiane, soulagée de son secret, se sentait plus libre avec son amie.

Elle téléphona à Frédéric en l'informant des événements de Chèvrefeuilles, du décès de Mamatie. Une page venait de se tourner au pays de son enfance, et elle éprouvait le besoin de se confier à lui.

– Avec ce drame, je m'ennuie encore plus de mon pays, il me manque tellement…

– Tu as de nouvelles responsabilités, tu penseras moins. Mais surtout n'oublie pas que je suis là, tu peux m'appeler si tu te sens mal. Dînons tous les deux un de ces soirs, j'ai besoin de te voir et de parler de notre Cantal.

Frédéric, les pensées occupées par sa fille et par Geneviève, dressait le bilan de sa vie. Cet homme seul, sans attaches familiales jusqu'à cette rencontre, n'avait jamais pris les mesures de cette solitude.

Enthousiaste et entreprenant dans ses affaires, il lui fallait désormais le devenir pour ouvrir sa vie à un avenir différent. Reconnaître sa fille apporterait la première pierre à cette construction. Et cette entreprise devait obtenir le consentement de Geneviève et de l'intéressée.

Ce soir-là, il attendit le dessert pour demander à sa fille, d'une voix un peu rauque :

– Acceptes-tu cette reconnaissance de paternité, Lysiane ? Il faut que je sois sûr de…

– Oui, je suis d'accord, l'interrompit-elle.

Il lui prit la main et la serra.

– Alors je vais écrire à ta mère et l'en informer. Avec un courrier, on peut réfléchir, prendre du temps, mesurer le pour et le contre.

– Vous pouvez lui dire que je suis d'accord. Je resterai discrète d'ici là.

Ce n'était qu'une lettre à préparer, mais d'une importance décisive. Après quoi, si Geneviève donnait son accord, il devrait contacter un avocat, le test de paternité n'étant autorisé que dans le cadre d'une procédure judiciaire se rapportant aux liens de filiation.

Que Lysiane portât son nom était son désir le plus profond.

Alors il écrivit à Geneviève, du mieux qu'il put, et ses phrases, à son corps défendant, avouèrent aussi bien autre chose. Relue, corrigée, enfin prête, la lettre prit le chemin de son destinataire, Mme Geneviève Loupiac, à Boisset-le-Château.

Geneviève ne pouvait détacher ses yeux de l'enveloppe. Une lettre de Frédéric... la première de sa vie. Elle ne put la lire sur l'instant, ses clients trouvaient ce jour-là mille sujets de papotages. Vint enfin l'heure de la fermeture et du calme. Le temps de trouver une lame pour trancher délicatement cette enveloppe, non sans l'avoir respirée. Elle faillit ne pas entendre la femme du boucher, toujours en retard, qui tambourinait à la porte. Puis une autre encore.

– Ils ne me laisseront pas le temps de lire, marmonna-t-elle.

Elle dut rouvrir son épicerie un moment.

Puis elle eut le loisir de lire et relire cette page de la main de Frédéric.

« C'est impensable ! Je n'en crois pas mes yeux... » Une violente émotion la tenait dans un étau. Elle avait tellement tempêté contre lui durant toutes ces années, dans son esprit, dans son cœur blessé à jamais. Et voilà qu'aujourd'hui, il désirait assumer la paternité de son enfant jusqu'à lui donner son nom. Quel homme était-il donc ? Cette valeur humaine que tous lui reconnaissaient autrefois demeurait-elle intacte en lui ? Cette lettre ressemblait à une prière.

« Lysiane sait ce que je te demande, elle n'y est pas hostile, bien au contraire. »

Ainsi Lysiane savait et n'avait rien éventé. Geneviève eut un petit sourire qui semblait dire : ça ne m'étonne pas, elle lui ressemble. Il lui rappelait aussi les faux motifs de son renvoi des Colombières, qui le blessaient encore.

Cette lettre paraissait honnête et sincère. Et plus elle réfléchissait sur son contenu – lu et relu une dizaine de fois – plus elle trouvait Frédéric d'une dignité remarquable. Ce mot lui convenait admirablement. Quelle mère ne serait pas d'accord ?

La joie peu à peu remplaça la surprise. Une seule ombre passa sur son cœur : que Mamatie n'ait pu connaître le contenu de cette lettre. Elle aurait exulté.

Le calme revint dans son âme après la bourrasque, et elle chanta aux meubles de la cuisine :

– Ma fille s'appellera Lysiane Sainturbain ! Lysiane Sainturbain ! Je trouve que ça lui ira merveilleusement ! Ça va jaser dans les chaumières, oh, là, là, je ne suis pas tirée d'affaire. Mais ma Lysiane reçoit ce qu'elle mérite.

Deux ou trois jours plus tard, il fallut bien lui répondre, et souligner que c'était une grande décision qu'il prenait là. Mais puisque Lysiane était d'accord, elle l'était aussi. « J'aimerais toutefois que l'on se voie, comme nous en étions convenus lors de ton appel téléphonique du premier de l'an. Qu'en penses-tu ? »

13

À compter de ce jour, Geneviève et Lysiane n'eurent plus rien à dissimuler. Toutes deux acceptaient d'assumer officiellement les conséquences de la proposition de Frédéric.

Geneviève craignait surtout les nuages noirs qui ne manqueraient pas de s'accumuler dans le ciel trouble des Loupiac. Lysiane restait en effet l'héritière d'Armand Loupiac, même si la succession ne représentait que peu de biens. Gustave Loupiac ne possédait qu'une modeste maison dans un immense jardin dont il vendait les légumes sur les marchés. Le frère aîné d'Armand s'était expatrié en Algérie, où il avait rencontré et épousé une fille de vigneron, et il ne revenait jamais en Auvergne. Cette terre ne leur convenait plus.

Maltraités par le sort que leur avait réservé la vie, Gustave Loupiac et sa femme vivaient très simplement, malheureux et aigris. Lysiane, à onze ans, avait tenté de les rencontrer, mais elle avait été mal reçue par Gustave. Son épouse n'avait pu retenir son émotion, mais l'homme demeurait le maître. Et il avait fait régner la division.

Un an plus tard, lors de sa communion solennelle, Lysiane avait reçu un magnifique cadeau anonyme…

Geneviève ressassait tout cela en espérant une lettre de Frédéric, mais l'attente devenait interminable.

La lettre arriva enfin. Oh ! Une simple carte postale glissée dans une enveloppe : « Merci, ma chère Geneviève, je mets en route la procédure officielle de reconnaissance de paternité, ce sera long mais nous y arriverons. Je viendrai en mai comme promis. Je t'embrasse… »

« Voilà qui était fait ! Le destin ! Un père pour Lysiane. Mais que de temps perdu… Quant à moi, je demeure une Loupiac. »

Trois jours plus tard, Frédéric la joignait par téléphone :

– Je te remercie pour ta lettre, j'espère que tu es toujours d'accord, Geneviève ?

– Tu doutes de ma parole ? je n'en ai pas manqué… et merci pour ta carte.

– Excuse-moi, je ne sais plus très bien où j'en suis. Ma vie est bouleversée. Nous parlerons longuement en mai, ce n'est pas si loin. J'aimerais voir des photos de Lysiane enfant et adolescente, enfin, ce que tu pourras me montrer, si tu veux bien.

– Je ferai de mon mieux, monsieur Sainturbain, dit-elle en riant.

– Merci Geneviève, et à très bientôt, je crois que je pense trop à toi… Je t'embrasse.

Et Frédéric raccrocha, laissant Geneviève plantée là, le combiné à l'oreille. Puis elle émergea.

– Qu'espère-t-il celui-là ? dit-elle brusquement.

Et quelques minutes plus tard, elle souriait en se remémorant ses derniers mots.

– Frédéric ! Frédéric ! répétait-elle, les yeux fermés.

Le facteur salua Geneviève et lui tendit une lettre recommandée.

– Il me faut une « signure », dit-il en souriant.

Elle griffonna sur le reçu, et le facteur sortit de la boutique.

« Convocation concernant l'ouverture du testament de Marie-Hélène Tournesac, épouse Granevas Émile. »

« En quoi suis-je concernée ? se demandait-elle. C'est mon père, l'héritier, le fils de Mamatie. »

Elle en avait la tête toute « badourne » lorsque Lysiane lui téléphona. Elle avait, elle aussi, reçu une convocation.

– Je ne savais pas qu'elle avait déposé un testament, dit Geneviève, elle ne m'en a jamais parlé.

– Je suis vraiment obligée de me déplacer ?

– Oui, mais j'aurai aussi le plaisir de te revoir, j'ai tellement besoin de te parler…

– Alors je serai là. Je t'embrasse, ma chère maman.

Craignant une altercation avec son père, Geneviève ne se rendait plus aux Colombières. Quant à son frère, il ne lui manquait pas.

Les jours passèrent, les uns plus longs que d'autres, et le 28 avril arriva enfin.

Tous les membres de la famille qui avaient été convoqués étaient présents : Marcel Granevas et sa femme Delphine, Geneviève et Lysiane.

C'était une étude très ancienne, aux murs habillés de bibliothèques et d'étagères débordant de dossiers, avec au premier plan, comme une barrière, un grand bureau.

Les quatre personnes prirent place dans des sièges qui avaient vu défiler des générations.

L'accueil du notaire était aimable. Il remercia les personnes présentes pour leur ponctualité, car l'étude ne se situait pas à Boisset-le-Château mais dans une commune éloignée de quelques lieues.

Geneviève et Lysiane n'avaient jamais franchi le seuil d'une étude notariale, aussi attendaient-elles, intimidées, en jetant de temps à autre des regards inquiets aux autres membres de la famille.

– Nous allons pouvoir commencer, dit alors l'officier ministériel.

Dans un mouvement presque théâtral, il rajusta ses lunettes, les études notariales, c'est bien connu, n'aiment guère les éclairages.

– Marie-Hélène Tournesac, veuve de Granevas Émile et non remariée, a déposé en mon étude son testament olographe en date du 30 mai 1981, et m'a chargé de vous transmettre son contenu…

Chacun se cala dans son siège, les yeux rivés sur le notaire, qui tenait en main un feuillet dont seules les marques de pliures apparaissaient sur l'envers. Il commença à lire attentivement :

– « Je soussignée Marie-Hélène Tournesac, veuve de Granevas Émile…, etc. Lègue à mon arrière-petite-fille,

Lysiane Loupiac, la parcelle référencée dans la propriété et dite "la terre et la grange, appelée familièrement la grange au foin". Cette parcelle d'environ un hectare et demi et la bâtisse doivent lui revenir en pleine propriété. Telle est ma volonté. Quant au reste de mes biens, ils reviennent à mon fils Marcel Granevas qui devra non les vendre mais les transmettre le moment venu à ses deux enfants, Serge et Geneviève, à égalité des parts. »

Marcel se leva d'un bond et mitrailla du regard le notaire qui en avait vu bien d'autres. Celui-ci fit un geste sec de la main signifiant qu'il n'avait pas terminé.

– « Au cas où Marcel Granevas, mon fils, exprimerait son désaccord avec ces décisions et le manifesterait, le notaire lui présenterait une enveloppe scellée par mes soins contenant certaines révélations qui me décidèrent à l'établissement de ce testament. Dans le cas où mon fils accepterait l'héritage que je lui propose, l'enveloppe serait détruite sur-le-champ et sans être ouverte. Dans le cas contraire, son contenu, daté du 30 mai 1981, serait lu publiquement. »

Dans un silence pesant, le notaire attendit. Puis il ajouta :

– Si la rédaction du testament comporte des imprécisions juridiques pouvant soulever des problèmes au moment de la succession, je peux vous proposer la rédaction d'une convention d'interprétation dans laquelle les héritiers s'entendent sur le sens à donner aux dispositions contenues dans le testament.

Sans vraiment comprendre le sens de ces phrases, tous se regardaient.

C'est à ce moment que Delphine Granevas perdit patience et interpella son mari en le tirant par la manche :

– Qu'est-ce que ça veut dire, Marcel ? C'est quoi ces révélations, et cette enveloppe mystérieuse ?

Marcel Granevas baissa la tête, pour dire enfin :

– Une vieille histoire, mais…

Fort de son expérience, et voyant que l'entretien allait mal se terminer, le notaire intervint :

– Monsieur Marcel Granevas, vous acceptez les conditions du testament et je brûle devant vous cette enveloppe, ou bien j'en dévoile le contenu. En quelque sorte, par ma voix, c'est votre mère qui vous parle.

Un silence de mort planait dans la pièce.

Marcel Granevas demeurait figé.

Seule Geneviève savait ce que l'enveloppe recelait.

Stoïque, le notaire attendait.

Lysiane n'osait le moindre mouvement.

– Monsieur Granevas, la testatrice précise que l'acceptation des conditions de l'héritage est irrévocable…

Après cette annonce sans appel, le notaire s'adossa à son fauteuil.

Delphine lançait des regards assassins à son mari. Visiblement, le couple en découdrait bientôt.

Marcel Granevas se leva enfin, et demanda à signer le document, sous le regard soupçonneux des trois autres.

Le notaire prit ensuite l'enveloppe, gratta une allumette et y mit le feu au-dessus d'un cendrier.

– Voilà qui est terminé, annonça-t-il, je vous remercie. Je vous ferai parvenir les documents, à vous, monsieur Granevas, ainsi qu'à vous-même, mademoiselle Loupiac.

Puis tous sortirent de l'étude. Mais avant de se séparer, Granevas ne put s'empêcher de hurler :

– La terre et la grange ! Ma plus belle terre, ma plus belle terre, nom de Dieu !

Sa femme le tira sèchement par le bras et l'entraîna.

Lysiane glissa son bras sous celui de sa mère, en la tenant bien serrée contre elle. Ni l'une ni l'autre ne parlait, n'échangeant qu'un petit sourire destiné au souvenir de cette chère Mamatie.

Elles se dirigèrent vers le cimetière où elle reposait. La tombe semblait désormais tranquille et la terre tassée.

– Merci, Mamatie, dit Lysiane, les yeux pleins de larmes.

Puis, se tournant vers sa mère :

– Tu sais ce qu'il y avait dans cette enveloppe ?

– Non, peut-être seulement une feuille blanche.

En s'éloignant, Lysiane fit un signe de la main vers celle qui avait réglé ses comptes.

– Mamatie…

14

Une chaleur printanière tombait sur le village de Boisset-le-Château en cette fin avril. Les jours s'allongeaient, une clarté nouvelle réchauffait les champs et les jardins. Les oiseaux se chamaillaient pour les brindilles nécessaires à la « bâtissure » de leur nid, bien que pour les plus pressés, les amours aient commencé le jour de la Saint-Valentin, le 13 février.

Geneviève n'ouvrit pas son épicerie ce soir-là, elle avait accroché une petite affiche : RÉOUVERTURE LE 29 AUX HEURES HABITUELLES.

– Tu vas faire des mécontents, lui dit Lysiane. Seules les fermetures pour cause de décès sont bien acceptées...

– Ah, c'est très drôle, dit-elle en éclatant de rire.

Et toutes deux de ne point se retenir.

– Qu'allons-nous préparer pour dîner ? Omelette, jambon, pâté ? annonça Geneviève.

– Tout d'abord une coupe de champagne ! J'ai envie d'une coupe de champagne pour fêter la victoire de notre Mamatie ! C'est elle qui a marqué un point, et quel point ! Même si je suis un peu triste pour grand-père, il a été si contrarié. D'autant plus que je ne sais pas quoi faire de sa terre et de la grange au foin.

Geneviève observait sa fille, cette enfant qu'elle adorait mais qui n'avait, à son grand regret, aucun sens des valeurs de la terre. Elle lui sourit.

– Tu ne te rends pas compte de ce qui t'arrive ? C'est une belle terre avec une bâtisse importante !

– Je ne sais pas quoi en faire, maman ! Pour l'instant j'ai faim ! Tu as un bon saucisson, du pain de seigle et du beurre ? Ce serait délicieux, dit-elle en prenant sa mère dans ses bras et en lui claquant des bises sur la joue.

– Tu vas m'éclater les tympans… sacrée fille !

Un menu fort simple, mais avec du champagne, et tout devenait différent. Omelette aux lardons, salade reine des glaces, Lysiane montrait un appétit d'ogresse.

– Il m'arrive trop de choses d'un coup, maman. Je suis perturbée.

– Sois tranquille, il y a pire dans la vie… te voilà propriétaire à Boisset-le-Château, et à Chèvrefeuilles ! Je crois que ton grand-père va en devenir fou. « La terre et la grange au foin », sa plus belle terre ! Et de plus couverte d'un magnifique blé…

– Il fera sa moisson comme d'habitude, je ne vais pas l'en priver. Demain, avant de partir, je vais lui rendre visite. Tu me prêteras ta bicyclette ?

– Tu es plus indulgente que moi, ma fille. Je n'aurais pas su… Tu as joué dans cette bâtisse qu'on appelait la grange aux papillons, et aussi dans l'étable abandonnée, on y dépose toutes sortes de choses. Le terrain est bien sec, il a conservé les murs et la toiture en excellent état. À l'étage, la grange abritait une grande partie des foins de la ferme. Tout à côté, il y a un vieux puits. Mamatie m'a raconté que dans le temps – c'était sa formule – des gens habitaient là, dans une pauvre maison qui a disparu depuis. Cette terre lui venait de ses parents qui l'avaient achetée pour elle, ce qui explique ton héritage.

– Chaque endroit a son histoire ici, chaque ferme, chaque chemin, chaque croix aux carrefours. Et depuis cet après-midi, je me sens plus encore de ce Cantal. Il fait partie de moi plus que je ne l'aurais imaginé.

– Tu es bien nostalgique tout à coup…

– Mais ça me fait tant de bien, maman, tant de bien. Paris est si grand, et là-bas je ne possède que mon ombre. J'ai toujours en projet d'ouvrir une boutique mais les prix des pas-de-porte sont inabordables. Bref ! À chaque jour suffit sa peine. Et toi, ma chère maman, tu as eu aussi ton lot de surprises avec Frédéric…

– Celui qui manquait à ton histoire, à ta vie, et que tu as retrouvé à Paris, ce Paris qui a permis ce miracle. Car c'est un vrai miracle, Lysiane.

– Je le connais si peu encore, et parfois je doute qu'il puisse m'aimer vraiment, mais s'il ne s'intéressait pas à moi il n'insisterait pas pour me reconnaître, non ? Dis-moi du fond du cœur que tu ne regrettes pas cette démarche, maman.

– Pas le moins du monde, Lysiane. Tu vas découvrir un père, à lui maintenant de se comporter comme tel. Il ne t'aura pas portée dans ses bras, voilà la différence, mais l'essentiel n'est pas là. Nous allons nous revoir prochainement. Parfois il me tarde et parfois je redoute ce moment. Je me demande ce qu'on va pouvoir se dire…

Dehors, la nuit avait comblé la vallée. Dans le village, seuls quelques lampadaires défendaient leur territoire. Un léger courant d'air promis à une mort certaine – la nuit calme et tue le vent – s'agaçait contre un lambeau de zinc qui ne tenait plus que par une pointe rouillée.

Lysiane contemplait la nuit derrière les vitres de la fenêtre.

– Dommage qu'on ne puisse pas voir ta terre, dit Geneviève.

– Ma terre… Ma terre…, répétait Lysiane. Mamatie m'a tout de même joué un drôle de tour.

– Elle t'a transmis ce qu'elle possédait de plus cher, je trouve ce geste magnifique. En plus, elle règle un compte avec son fils.

– Tu ne trouves pas étrange cette histoire d'enveloppe ?

– Bah, le mystère restera entier.

Elles parlèrent jusqu'à une heure tardive, et le sommeil les rattrapa bientôt. « Demain, j'irai à Chèvrefeuilles », fut la dernière pensée de Lysiane alors que l'horloge du clocher s'évertuait à faire résonner le silence de la nuit.

Le lendemain, aux Colombières, les Granevas étaient atterrés. La propriété amputée de la belle terre ? Le ciel leur tombait sur la tête.

Delphine aperçut soudain Lysiane qui approchait. « Celle-là n'est pas gênée de venir ici… », pensa-t-elle.

Lysiane, comme d'habitude, rangea sa bicyclette contre le mur de la maison.

– Bonjour grand-mère !

Delphine hésita, mais finit par lui rendre un bonjour crispé.

– Tu veux sans doute monter dans l'appartement de Mamatie ? Je peux comprendre…

– Non, grand-mère, je voulais vous voir toi et grand-père.

– Tu l'as dans le hangar, il prépare du matériel, si tu veux le voir…

– Merci, grand-mère, dit simplement Lysiane, qui ne put s'empêcher de jeter un regard vers l'escalier qu'elle grimpait auparavant avec tant de joie et d'empressement, vers sa tendre Mamatie.

Sa grand-mère hocha la tête, en une sorte d'acceptation de la fatalité.

Marcel Granevas, les mains dans le moteur d'un tracteur, ne la vit pas tout de suite.

Son ombre portée le fit sursauter.

– Bonjour grand-père, je ne te dérange pas ?

Sans répondre, il se remit au travail. Elle n'avait pas espéré un accueil chaleureux, mais l'attitude de cet homme, son grand-père, lui noua le ventre. Déterminée, elle attendit en le regardant travailler qu'il daigne lui adresser la parole.

– Que me veux-tu ? entendit-elle soudain.

– Te parler. Tu es mon grand-père que je sache. Pourquoi ne m'aimes-tu pas ?

Granevas se retourna enfin, lentement, une clef dans sa main enduite de cambouis. Ses yeux jetaient des éclairs.

– Nom de Dieu, tu dois bien le savoir, tu n'es plus une enfant, et ta mère a dû te raconter à cette heure…

– Tu es mon grand-père et tu le resteras. Je suis venue te parler de la terre que j'ai reçue en héritage, à ma très grande surprise d'ailleurs. Tu moissonneras ton blé comme d'habitude, jusqu'à ce que je prenne une décision. Nous prendrons le temps qu'il faudra. Ça te convient, grand-père ?

– On fera comme tu voudras, c'est toi la propriétaire. Tu pourras venir voir ta grand-mère et les autres quand tu voudras, la porte de Chèvrefeuilles te demeure ouverte, comme elle l'était du temps de ma pauvre mère qui t'estimait, on peut le dire. Tu repars bientôt ?

– Cet après-midi même, grand-père.

– Alors au revoir, petite.

Il se tourna vers son tracteur et elle ne put voir son visage. Louis et sa femme apparurent, et ne lui adressèrent qu'un mince bonjour.

Lysiane retrouva sa bicyclette sans avoir reçu la moindre tendresse, la moindre chaleur humaine. En s'éloignant, elle vit Marie Louvière qui l'avait aperçue. Elle fit un détour pour la saluer.

– Ça me fait plaisir de te voir, Lysiane. Depuis l'enterrement de ta pauvre grand-mère, nous avons parlé si souvent de toi, lui dit Marie en la prenant dans ses bras. Nous avons partagé ton chagrin et celui de ta mère.

– Merci, madame Louvière. Votre mari va bien ? Toujours au travail ?

– Hé oui, il le faut bien. Tu as fait une petite visite à ta mère ?

– Oui, nous en avions besoin toutes les deux. Je vous dis au revoir, à une autre fois, je suis un peu pressée, le train ne m'attendrait pas…

Lysiane s'éloigna sur un signe de la main.

Tout au bout du voyage, il y aurait bientôt Paris, son père, son travail, la vie… Mais Boisset-le-Château s'était ancré plus fortement en elle. Désormais elle y possédait une terre, une maison, cette grange en pierre qui avait su résister au passage des années. Par moments, il lui semblait entendre un appel : Lys… Lys…

15

Frédéric l'avait annoncé, il serait là dimanche, en ce début mai et passerait deux jours au Rouget, à quelque dix kilomètres de Boisset-le-Château, à l'Auberge des Voyageurs.

Geneviève avait recherché les photos de Lysiane qu'il avait souhaitées. À peine une dizaine, peu en réalité, mais auxquelles elle tenait. Elle les avait rangées dans une boîte en carton, avec les siennes, en un trésor commun.

« Je me trouve moche, pensait-elle, mais ma Lysiane est si belle ! Je regrette de ne pas en avoir gardé une seule de toi, Frédéric… je les ai brûlées, je m'en souviens très bien, dans la cheminée de Mamatie pendant qu'elle me disait pourtant de ne pas m'en séparer. » Dans une enveloppe à part, il y en avait d'autres, celles de la vie avec Armand Loupiac, qu'elle voulait ignorer.

La nuit précédant l'arrivée de Frédéric, elle ne put dormir. Son cœur cognait, de crainte et d'excitation.

Dès le petit matin, elle s'était coiffée, légèrement maquillée, transformée.

En fin de matinée, elle le vit enfin lorsqu'il descendit

de sa voiture, près de l'épicerie, elle le trouva magnifique. Ce fut presque un enlèvement.

– Où voudrais-tu aller déjeuner ? lui demanda-t-il.

– Je n'ai pas l'habitude d'être invitée, les gens vont parler…

– Au Rouget ? À Aurillac ?

– À Aurillac, je préférerais, là-bas au moins…

– J'ai compris, tu ne risques pas de rencontrer quelqu'un.

Elle haussa doucement les épaules.

– C'est bête, je sais, mais je n'ai pas l'habitude. (Elle contempla son profil.) C'est la première fois que nous sommes ensemble en voiture.

– Autrefois nous avions nos jambes et les chemins, les bois, toute la campagne pour nous, la liberté ! Ce n'était pas si mal.

– C'était le temps du bonheur, je crois. Enfin, celui de notre jeunesse.

Un long silence s'installa, Geneviève regardait fuir le paysage, dans l'attente craintive de ce qui allait suivre. Lors de la traversée de Sansac de Marmiesse, elle dit enfin :

– Ce pont sur la Cère est si joli. Tous les villages avec une rivière paraissent plus beaux que les autres, comme Boisset avec la Moulègre.

– Et tu n'étais pas la dernière à piéger les truites, si je me souviens bien. (Le sourire de Frédéric s'évanouit tout à coup.) Et puis tout s'est détruit un jour. On m'a emmené et personne n'a tenté quoi que ce soit, même pas les Louvière.

Elle reçut ces mots comme des coups.

– Ils te diront certainement pourquoi, si tu leur demandes.

– Je ne t'ai rien dit, mais je leur avais rendu une courte visite en décembre 80.

– Je ne savais pas. Personne n'en a parlé, c'est étonnant, ici tout se sait, les nouvelles vont vite, les bonnes comme les mauvaises.

– J'ai eu très envie de revoir les Colombières. Un jour, une personne à qui je racontais un peu ma vie m'a dit qu'il était impossible que je ne revoie pas les Louvière, chez qui j'avais vécu douze années sans histoires. J'ai compris surtout que depuis des années, même si je me le cachais, j'avais besoin de connaître le motif de mon renvoi. Mais Anselme m'a répondu que moi seul devais connaître la réponse. Je n'ai pas voulu compliquer les choses, je n'ai pas insisté. À ce moment-là, je ne savais pas que j'avais une fille, notre fille, dit-il en posant sa main sur celle de Geneviève.

Devant eux, les premières maisons d'Aurillac apparaissaient sous la pureté du ciel de mai.

Au centre de la ville, en contournant le square planté d'arbres et de parterres de fleurs, Frédéric eut soudain envie de le traverser à pied.

– Ce jardin est vraiment unique, dit-il, et j'aime le buste de notre bon Arsène Vermenouze. Si on allait dénicher un petit restaurant gastronomique, j'ai une faim…

– Tu avais toujours faim, tu n'as pas changé !

– Merci pour le compliment. Quant à toi, ma chère Geneviève, tu n'y couperas pas non plus. Je te regarde, et je retrouve ce qui me plaisait tant en toi, tes yeux, ton sourire.

Elle essaya d'en rire, mais au fond de son regard une lueur ancienne renaissait.

Ils s'arrêtèrent enfin, devant l'entrée accueillante d'une auberge.

Ils choisirent une table et s'installèrent face à face.

– Passons aux choses sérieuses, décréta Frédéric en lui présentant la carte.

Devant son hésitation, il fit un choix et le lui proposa.

– C'est beaucoup trop, Frédéric, tu n'y penses pas.

– Avec un excellent bordeaux, tu ne t'apercevras de rien. Pour une première fois tous les deux, c'est la moindre des choses, non ?

– Tu as raison, c'est une première.

Le maître d'hôtel vint prendre la commande.

Le déjeuner se déroulait dans l'harmonie, quand Frédéric se décida :

– Tu ne sauras jamais combien je suis malheureux de tout ce que tu as dû vivre toute seule, avec cet enfant.

– Je sais maintenant que tu n'as pas pu savoir. Ce que tu fais aujourd'hui pour elle va changer sa vie.

– Mais je veux qu'elle m'estime. Ce n'est plus une gosse, c'est une jeune femme. Comment lui faire oublier tout ça ?

– Sois patient, le temps l'aidera à comprendre. Comment se passe cette reconnaissance de paternité ?

– Mon avocat s'en occupe. Mais avec l'administration, la justice, c'est toujours très long. Tu seras certainement obligée de te soumettre à quelques obligations de routine, comme ils disent. Et ne crois pas que je veuille te prendre ta fille, Geneviève. J'espère que tu le fais avec ton cœur, tranquillise-moi.

– Elle est heureuse de ce qui arrive et moi aussi. Tu es son père, elle portera ton nom, tout est parfait.

– Tu as pensé aux photos ? Je t'ennuie, mais...

Geneviève souriait de son impatience. Elle lui tendit l'enveloppe.

Il examina longuement chaque portrait, chaque cliché volé à un temps qui lui avait été interdit, et ses yeux se mouillèrent, sa vue se troubla. De toutes ces années tendres, il avait été exclu, et son enfant vouée aux malveillances.

– Comme elle est belle, parvint-il à articuler. Elle te ressemble. Quel bonheur de savoir que c'est notre enfant, Geneviève. Comment rattraper tout ce temps perdu ?

Son émotion bouleversa la jeune femme.

– Le temps perdu ne se rattrape pas, murmura-t-elle. Mais on peut essayer de changer les lendemains, comme tu tentes de le faire, et c'est déjà beaucoup, tu sais.

Il la regarda tendrement, les photos entre ses doigts.

– Tu vas les user, dit-elle en riant, le menton tremblant.

Frédéric se tut. Une ride barra son front.

– J'ai envie de revoir les Louvière, lança-t-il tout à coup. Je n'aurai qu'une question à leur poser, et une chose à leur dire.

– Je suis sûre qu'ils se doutent de ce que tu crois leur apprendre...

– Mais ils ignorent que moi je ne savais rien quand je suis parti.

– Moi non plus, je ne savais pas. Je ne l'ai su qu'après ton départ.

Le passé pesa sur eux de longs instants. Puis Frédéric se secoua.

– Allons, je ne suis pas venu ici pour créer des polémiques, tu as raison. Je n'irai pas, ce sera plus simple, d'autant que…

Elle attendit la fin de la phrase, en vain. Elle se décida :

– Frédéric, où en es-tu de ta vie aujourd'hui ? Tu ne m'en as jamais parlé.

Surpris par la question, il soupira profondément.

– Je ne me suis jamais marié. J'ai eu des amies, oui, mais je suis toujours célibataire, je dois être invivable, probablement. (Il rit sans conviction.) J'ai été fou d'une femme un jour, je veux dire d'une jeune fille, et ça s'est mal terminé. Depuis, j'attends sans doute de retrouver la même et d'en être aussi amoureux. Voilà, tu sais tout.

Le regard de Geneviève fouilla celui de Frédéric. Avait-elle bien compris ? Il ajouta :

– Maintenant que j'ai une fille, trouver une femme tient du miracle ! Un jour ou l'autre, il faudra que je retourne aux Colombières, juste un moment, pour revoir ce hameau auquel j'ai tant pensé, et depuis si longtemps. Je l'ai juste entrevu il y a deux ans, par un jour de brouillard.

C'est elle qui cette fois posa sa main sur la sienne.

– Je ferai tout pour que tu puisses y revenir, mais plus tard, Frédéric, plus tard.

Il acquiesça. Le regard soudain perdu.

Geneviève attendit, en l'observant. « Toujours aussi séduisant, mon Dieu ! » songea-t-elle.

– Il est peut-être l'heure de rentrer, Frédéric. Qu'en penses-tu ?

– J'aurais aimé que cette journée ne finisse jamais.

16

Après avoir reconduit Geneviève à Boisset-le-Château, Frédéric avait rejoint l'Hôtel des Voyageurs au Rouget, la tête débordante de mille pensées.

Que faisait-il dans cette chambre, seul, à ressasser les moments passés avec la mère de sa fille ? Il se le demandait. Il avait si peu faim qu'il refusa le dîner malgré l'insistance du patron. Seule une bouteille d'eau minérale l'avait accompagné dans sa chambre pour cette première nuit en Auvergne. Ni radio, ni télévision.

Il accrocha sa veste au dossier d'une chaise, but à même la bouteille et s'allongea sur le couvre-lit en étoffe mouchetée et douce.

Les mains derrière la nuque, il scrutait les détails du plafond jusqu'à ses infimes craquelures, presque invisibles. « On croit qu'il est parfait à première vue et pourtant, à mieux l'observer… Il en est de ce plafond comme de moi-même… Qui, en me voyant dans mes affaires et mes préoccupations, pourrait penser que j'ai abandonné dans ce coin du monde une femme et un enfant ? Que puis-je faire de plus que de reconnaître

Lysiane ? Quant à Geneviève, je me suis rendu compte qu'elle me plaît toujours, même si les deux décennies ont laissé quelques traces sur nous deux. Pourtant, je n'ai pas vu dans son regard cette étincelle qui m'aurait ouvert des horizons paisibles, des rivages où le marin fatigué peut accoster en toute quiétude. Je crois qu'elle ne veut plus de moi. Le passé a laissé trop de cicatrices. »

En jetant un coup d'œil à sa montre, il se surprit à dire tout haut :

– Il serait bien l'heure d'ouvrir les draps.

Le lendemain matin, il se régala d'un bon petit déjeuner, sans se presser, observant tour à tour les gens qui comme lui profitaient de ce moment délicieux devant leur café fumant, le pain de campagne, le beurre et la confiture du pays.

Il quitta enfin l'hôtel et retrouva sa voiture. L'envie de s'approcher à nouveau de Boisset-le-Château et surtout des Colombières le poussait si fort qu'il n'y résista pas.

Il se faufila dans le village, dans la rue principale, jusqu'à l'endroit étroit menant à la place de l'église. Jean-Baptiste Brayat, le poète, le regardait, comme toujours.

Frédéric dut manœuvrer pour s'en retourner lentement. L'épicerie avait ouvert sa porte aux clientes bavardes mais il ne s'arrêta pas. Son but se situait plus haut, aux Colombières. Plus il s'en approchait, plus il se demandait si l'idée était bonne.

Il stationna la voiture assez loin du hameau, et décida de s'en approcher par le côté inhabituel. En marchant, il retrouvait des senteurs oubliées, des odeurs de feuillages nouveaux, les retardataires dépliaient silencieusement leur voilure. Les prairies retrouvaient leur douceur, les graminées leur impatience. Les coucous, près des bordures, rappelaient à eux les promeneurs distraits.

Même la vieille grange solitaire surveillait les futures moissons déjà vigoureuses. Cette grange, il la connaissait bien.

Soudain, une légère brise lui apporta un autre parfum, celui des lilas, les floraisons des Louvière. Il sourit à cet appel. Son regard cherchait maintenant à entrevoir les deux fermes des Colombières, Chèvrefeuilles et Lilas. Ne pouvant se rapprocher davantage, il se contenta d'observer cette grange où s'agrippait tant bien que mal une vieille treille bien enracinée dont les années n'avaient pas eu raison de la vie, peut-être de son éternité. Des mains d'hommes avaient fixé des tuteurs entre les pierres. La majestueuse porte de châtaignier, toute grise de la succession des ans, dans son encadrement de pierres taillées soutenant un arc en plein cintre, attendait en gardienne qu'on vienne enfin la pousser. L'accès en voûte descendait vers l'étable en sous-sol, desservie par une porte à deux vantaux pour les animaux. À un mètre du toit en ardoises, deux ouvertures, à peine plus larges que des meurtrières, observaient les environs dans leur structure de pierres taillées. De cette bâtisse émanait une impression de puissance hors du temps, indestructible. Sur le pignon, veillait un œil-de-bœuf.

« Mon Dieu, je ne me souvenais pas de la beauté de ces lieux, de ces parfums, de ces couleurs. Et ils me touchent terriblement... Tout m'a été retiré, interdit.

Je ne peux pas demeurer orphelin de tout éternellement ! »

Depuis un long moment, Frédéric se tenait immobile, telle une statue. À quelques mètres de lui, deux yeux l'observaient, des yeux de chevreuil apeuré. Frédéric le vit. Ils se regardèrent sans bouger, et, étonné de cette silencieuse rencontre, l'animal se détourna et tranquillement disparut. « Je vois que tu es chez toi ici… » Le sourire aux lèvres, l'homme décida de partir lui aussi, le vague à l'âme. Il n'avait pas aperçu la moindre forme humaine. Seul le chant de la campagne, son chuchotement, lui avaient murmuré de merveilleuses histoires.

Le téléphone devint le lien entre Geneviève, Lysiane et Frédéric.

La demande de reconnaissance de paternité avait été déposée auprès de la justice administrative, avec les prélèvements nécessaires. « Un premier pas, pensait Frédéric, ce n'est là que le premier pas. » Il sentait s'installer en lui des esquisses de projets pour sa fille, donnant ainsi un autre sens à sa vie.

Les mois passaient, et Lysiane assumait désormais de grandes responsabilités dans sa société. Mais elle parlait toujours de son projet, de l'installation de sa griffe.

La bonne nouvelle arriva enfin, en cadeau de Noël. Frédéric était officiellement le père de Lysiane, et elle porterait son nom si elle le désirait.

Elle le voulait. Il la serra très fort dans ses bras, avec des larmes de bonheur. Il entendit alors contre son oreille, et pour la première fois : « Merci mon cher père ! »

Lysiane envisageait désormais de s'appeler Lysiane Sainturbain. Une nouvelle naissance administrative. Nouvelle carte d'identité, modification sur le livret de famille de sa mère, Frédéric eut la troublante impression que le temps s'écoulait à l'envers. Il voulut alors rassembler sa nouvelle famille. Geneviève monterait à Paris durant deux jours, et logerait chez sa fille. Florence Forest laisserait volontiers sa place pour l'occasion.

Geneviève monta à Paris dans la première quinzaine de janvier.

Lysiane et Frédéric n'auraient pour rien au monde manqué son arrivée, sa descente du train.

Vêtue d'un manteau – redingote à la ligne ajustée, couvrant le haut de ses bottes –, un léger bagage à la main, Geneviève, apparut soudain, toute souriante et d'une élégance nouvelle.

– Ce trajet est bien trop long, soupira-t-elle, mon Dieu que c'est loin… et il ne fait pas meilleur ici que chez nous !

Ils riaient en s'embrassant, Frédéric s'empara du petit bagage, Lysiane glissa son bras sous celui de sa mère.

– Nous t'épargnerons le métro, annonça Frédéric, le visage habité d'un bonheur neuf.

– J'y comptais bien, descendre là-dedans…, dit-elle en montrant l'escalier encombré d'une foule pressée.

– Je suis tellement heureuse que tu sois ici, maman, c'est la deuxième fois que tu vois Paris, non ?

– Ne te moque pas de moi, c'est bien pour toi et pour ton père, mais je suis si heureuse aussi, tant pis pour l'épicerie !

Frédéric déposa les deux femmes à l'appartement de Lysiane, que Geneviève trouva minuscule, puis les abandonna à leur intimité.

Après un rapide déjeuner, Lysiane tint à lui faire découvrir l'entreprise dans laquelle elle travaillait.

Puis Geneviève voulut visiter Notre-Dame, et l'Arc de Triomphe.

En fin de soirée, elles se posèrent enfin devant un café. Et Geneviève tenta de se rassurer.

– Lysiane, tu es vraiment heureuse dans cette ville ?

– Bien sûr. Même si en ce moment il faut que je m'habitue à avoir un autre père... Pourquoi cette question ?

– Je voudrais te savoir heureuse dans ta vie, c'est tout. Tu es si loin, et je me sens... inutile. Si Paris était à côté, je te préparerais de bons petits plats, ceux que tu connais...

– Maman !

Geneviève tenta bien de retenir la question qui la titillait depuis longtemps, mais elle s'entendit demander :

– Tu n'aurais pas l'intention de te rapprocher un jour ?

Lysiane regarda sa mère, un long moment, puis elle haussa les épaules.

– Si je pouvais, je le ferais. L'avenir nous le dira, mais aujourd'hui...

– J'ai bien mal aux pieds, s'exclama Geneviève, pour faire diversion. Nous n'avons pas arrêté de marcher. Et le bitume de Paris ne vaut pas les chemins de campagne.

Lysiane se mit à rire.

– Pauvre maman, je t'emmène dans un petit resto où nous serons bien. C'est notre jour, demain tu seras avec Frédéric. Vous devez avoir beaucoup de choses à vous raconter.

– Ce soir, je suis avec toi, voilà l'important.

Lysiane la conduisit dans un de ces lieux parisiens équipés de petits boxes pour amoureux. Geneviève avoua qu'elle regrettait de ne pas dîner chez sa fille, la soirée aurait été plus intime et nettement plus économique ! La jeune fille retrouvait là le sens de l'économie des Auvergnats et elle s'exclama, faussement offusquée :

– Et pourquoi pas avec du pain, une boîte de sardines et un verre de gros rouge qui tache ? Maman, laisse-moi donc te gâter, ce n'est pas si souvent.

– Tu as raison, mais tout de même, ces petits éclairages sur chaque table…

Le fou rire s'empara d'elles.

– J'ai un bonjour à te transmettre, ma fille. D'un beau garçon que tu connais, mais qui est d'une timidité…

Lysiane sourit, et avec un clin d'œil :

– Bernard Marsac ?

– Oui. Il a appris que je venais te voir à Paris. Il me demande toujours de tes nouvelles avec des yeux tristes. Un jour il m'a dit qu'il pourrait t'attendre toute la vie.

– Un ami de toujours, c'est vrai. Il a les yeux si clairs qu'on peut à peine saisir son regard, c'est surprenant chez un garçon. Catherine aussi m'a dit qu'il pensait à moi. Il a de l'ambition, je crois qu'il veut se mettre à son compte en menuiserie et charpente. Il aura énormément de travail. Je suis certaine qu'il y arrivera.

Geneviève la vit devenir rêveuse, prise dans un souvenir. Et soudain :

– Frédéric et toi, où en êtes-vous tous les deux ? Je sais qu'il pense beaucoup à toi.

Geneviève tritura ses couverts, but une gorgée de vin, avant de lâcher :

– Ton père est… comment dire… J'ignore ce qu'il pense de moi, voilà.

– Et s'il t'aimait toujours, maman ? demanda-t-elle avec un sourire tendre. S'il te le disait là, dans le creux de l'oreille, tu ferais quoi ?

– Tu m'ennuies avec tes questions, mais… s'il me parlait ainsi… je ne sais pas. Je suis peut-être trop vieille pour entendre ces choses ? Peut-être que le temps des amours est terminé. Peut-être qu'il est trop tard.

Le serveur vint rompre un silence qui n'en finissait pas de peser.

– Et comment est ma terre de Chèvrefeuilles ?

Surprise, Geneviève revint au présent.

– Le blé a germé et la terre, comme du velours, brille sous le vent. C'est magnifique. De temps en temps je l'observe de loin, je vais rarement aux Colombières, seulement pour voir ma mère. Il m'arrive de rencontrer mon frère et les siens. Mais il y a un tel malaise entre nous. Ton grand-père m'a demandé de tes nouvelles. Les rideaux de dentelle pendent toujours aux fenêtres de Mamatie, mais aucune main ne les écarte, et aucun regard ne nous accueille.

Les yeux de Geneviève s'étaient remplis de larmes. Lysiane lui prit la main et la serra.

– Tu ne goûtes pas au dessert, maman ? Où es-tu, maman ?

– Excuse-moi, j'étais chez nous…

– Chez nous, reprit Lysiane. Voilà de jolis mots.

– C'est chez toi plus que jamais, maintenant, tu es propriétaire, tu vas payer des impôts !

– C'est pourtant vrai, je ne l'ai pas encore dit à Frédéric, à mon père, rectifia-t-elle. J'ai encore du mal avec ce mot.

Cette nuit-là, le lit de Florence Forest manqua de dimensions auvergnates, ce qui les fit rire encore une fois, avant que le sommeil ne les fasse basculer dans le rêve.

17

Frédéric vint prendre Geneviève en début d'après-midi chez sa fille.

– Je te l'enlève, clama-t-il, avec un visage radieux.

– Nous nous retrouverons tous les trois comme convenu, et à nous Paris pour une folle nuit, lança Lysiane en riant de bon cœur. Ne vous perdez pas tous les deux, je vous aime trop...

Un message s'était glissé dans ces quelques mots.

– Où m'emmènes-tu ? demanda Geneviève dès qu'ils furent seuls. Je ne connais pas Paris.

Frédéric lui ouvrit la portière de la voiture.

– Ne t'inquiète pas, nous avons tout notre temps, mais dans les rues nous n'aurions pas très chaud.

– J'aimerais voir le Centre Beaubourg, celui qu'a créé notre compatriote le président Georges Pompidou, il paraît que c'est superbe.

– D'accord pour le Centre Pompidou, puis nous passerons devant mon restaurant, l'Assiette Auvergnate, si tu le souhaites...

– Oh ! Je ne suis pas curieuse de tes affaires, ça ne regarde que toi, et je sais que tu as bien réussi à Paris.

Frédéric, surpris par cette réaction, garda le silence. Puis, en se reprenant :

– Je voulais seulement te faire visiter. Mais tu as raison, les affaires ne sont pas tout dans la vie. Aujourd'hui, j'ai plus précieux, vois-tu, j'ai ma fille. Et j'aimerais que tu en sois convaincue !

Geneviève ne put s'empêcher de bredouiller :

– Tu ne vas pas la prendre pour toi seul, dis, Frédéric ? Tu ne vas pas l'accaparer comme une chose que l'on achète ?

Bouleversé par la brutalité de la question, Frédéric paniqua soudain et se gara à la hâte. Le chagrin avait altéré ses traits, son visage. Lorsqu'il parvint à se calmer, il réussit à murmurer :

– Je n'ai pas acheté Lysiane, tu le sais très bien, Geneviève. Ta question me blesse jusqu'au fond du cœur.

Geneviève baissa la tête, submergée par la honte.

– Pardonne-moi, j'ai... je me suis mal exprimée. Je voulais savoir si notre fille trouvait du travail en Auvergne, tu ne la retiendrais pas à Paris ?

– Pas le moins du monde, voyons. Nous ne sommes pas des divorcés en train de nous déchirer pour la garde des enfants. Nous ne sommes pas mariés que je sache, ajouta-t-il avec un pauvre sourire.

– Pardon, je suis idiote, je ne sais plus ce que je dis, Paris me fait perdre la tête !

– Ce n'est pas Paris, Geneviève, tu es inquiète, je le vois bien. Allons au Centre Beaubourg comme tu l'as souhaité, nous parlerons ensuite.

Elle observait chacun de ses gestes, chacune de ses attitudes. Parfois son cœur s'emballait, et une bouffée de tendresse resurgissait comme une levée de blé. Et pourtant elle continuait d'avoir peur. Elle passait ainsi de la fièvre à la glace, de la rancune à l'amour aveugle, d'une minute à l'autre. Elle se dit qu'elle tombait malade, qu'elle couvait une mauvaise grippe. Seule une petite voix, au fond de sa conscience, tenait le bon cap, et lui répétait que cet homme avait droit à sa place de père, et qu'il ne la remplacerait jamais, elle, la mère. Son coup d'éclat lui laissait un sentiment de malaise et de honte. Elle avait tout gâché.

À proximité du Centre Pompidou, Frédéric gara sa voiture. Et c'est à pied qu'ils atteignirent l'entrée principale du musée.

– Je n'imaginais pas une chose pareille, s'exclama Geneviève. Tant de tuyaux ! Il faut monter par là ?

– C'est impressionnant la première fois, mais tu t'habitueras très vite. Nous allons grimper tout en haut, au 6e étage, tu auras une vue superbe sur Paris.

– C'est tellement différent des photos que l'on voit dans les revues, je ne suis pas sûre de trouver ça beau… Ce rouge, ce bleu, c'est violent ! Et ces tuyaux…

– Pourtant le monde entier nous l'envie. Viens, dit-il en prenant son bras, allons boire quelque chose de chaud.

Tous deux s'installèrent à une table, et dominèrent ainsi une partie de la capitale.

Frédéric s'apaisait. Il avait eu très peur. Il essayait de comprendre l'émoi de cette mère qui tremblait pour son enfant, folle à la seule idée de la perdre, mais il sentait aussi que quelque chose lui échappait.

– Il ne nous manque que Lysiane, dit-elle d'une voix tendre.

– Certainement, dit-il. Un jour, peut-être…

Il n'osa pas aller plus loin.

Délicatement, il posa la main sur la sienne. Elle ne la retira pas.

Ils se contemplaient en silence, cherchant dans le regard de l'autre l'audace qui leur manquait.

– Nous avons assez perdu de temps, tu ne crois pas ? murmura enfin Frédéric.

Elle posa l'autre main sur la sienne.

– Nous n'avons pas eu de chance, mais nous nous sommes retrouvés, et c'est miraculeux, c'est…

– Je ne me suis jamais marié, Geneviève, peut-être que je t'attendais sans le savoir.

Il rapprocha sa chaise, glissa son bras autour des épaules de sa compagne, rapprocha son visage du sien.

– Tu me plais toujours, tu sais. Je suis prêt à…

Elle posa l'index sur ces lèvres qu'elle aimait, et murmura :

– Moi aussi, et depuis longtemps. Mais… Lysiane…

– C'est notre fille, non ? Ce soir nous lui annoncerons que ses parents veulent vivre moins séparés, qu'en penses-tu ?

– Tu es fou, Frédéric, dit-elle avec une joie immense dans le regard.

Elle venait d'apercevoir dans ses yeux cette flamme qui lui avait tant plu, un jour…

Elle posa sa tête au creux de son épaule. Il effleura ses lèvres d'un baiser léger.

Leur histoire renaissait.

– Crois-tu que nous puissions tout rec…

– Oui !

– Je voudrais marquer ce jour d'une attention particulière, viens !

Il l'entraîna et ils marchèrent dans les rues, bras dessus, bras dessous, s'amusant de l'insouciance qui les habitait soudain malgré la température de janvier et les coups de vent qui les giflaient par surprise.

– Où m'emmènes-tu ? demanda-t-elle.

Pour toute réponse il s'arrêta devant la vitrine d'une bijouterie, où tout étincelait sous un savant éclairage.

Et sans attendre il la guida à l'intérieur. Mais Mme Loupiac n'était pas de celles qui osent.

– Ce n'est pas raisonnable, Frédéric, chuchota-t-elle. Je ne peux pas accepter.

Elle avait discrètement caché sa main gauche, toujours habillée d'une alliance blanche. Lorsqu'il s'en aperçut, il la guida vers un présentoir de colliers.

– Tu aimes les perles ?

Sa bouche s'arrondissait de surprise, mais ses yeux surent répondre. Elle n'avait jamais porté le moindre bijou, à part son alliance d'argent, pourtant un collier aux perles chatoyantes l'émerveilla. La vendeuse le lui présenta, et le glissa à son cou, en lui disant :

– D'après la mythologie perse, les perles sont les larmes des dieux, et rien ne peut être plus parfait…

– C'est trop beau, dit Geneviève dans un souffle, oh c'est trop beau !

– Alors garde-le, il te va si bien, regarde-toi dans le miroir…

Mais elle n'alla pas jusqu'au miroir. Elle se rapprocha de Frédéric et lui murmura quelques mots à l'oreille.

La vendeuse glissa le coffret vide dans une pochette soyeuse, qu'elle tendit à Geneviève.

– Merci, merci encore.

– Je vous en prie, Madame, répondit la vendeuse avec un sourire aimable.

Lorsqu'ils se retrouvèrent dans la rue, la nuit envahissait déjà le ciel de Paris.

– Quel magnifique cadeau, Frédéric. Merci infiniment, dit-elle en vérifiant d'un geste si les perles étaient toujours à son cou.

– Mais toi, tu m'as offert ma fille !

– Notre fille, n'oublie pas !

Ils se donnèrent la main, comme des enfants heureux.

Il fallait maintenant retrouver la voiture, mais le temps ne semblait plus compter pour Geneviève qui se serrait contre Frédéric.

La voiture les promena un long moment dans ce Paris scintillant, encore paré de ses lumières de fêtes.

Frédéric jeta un regard furtif à cette alliance blanche que portait toujours la veuve d'Armand Loupiac.

– Nous devons prendre Lysiane à vingt heures trente en bas de chez elle, dit-il.

– Oui, je monterai chez elle un court instant, si tu veux bien.

– Je vous attendrai. N'en profitez pas pour papoter…

Elles apparurent enfin. Toutes deux d'une élégance qui le ravit. Il remarqua que Geneviève avait noué un foulard de soie autour de son cou qui laissait entrevoir quelques perles.

Frédéric leur fit la surprise d'un chaleureux restaurant. Il semblait ne pas connaître les patrons.

– On se sent si bien ici, dit Lysiane.

– Champagne ! annonça Frédéric, c'est un grand soir !

Les deux femmes échangèrent un regard interrogateur, puis Frédéric proposa de consulter la carte, comme pour couper court aux questions.

– Nous trinquons au cadeau qu'a reçu maman ? demanda Lysiane en regardant son père.

– Pas tout à fait. C'est la première fois que nous sommes réunis tous les trois. Et je voudrais vous dire combien j'en suis heureux…

Ils trinquèrent à cet instant unique.

Les yeux brillaient, quand Frédéric, impatient, reprit la parole.

– Lysiane, je crois que ta mère et moi voudrions vivre plus proches l'un de l'autre dans le futur. J'ai cru voir dans les yeux de ta mère le même souhait. N'est-ce pas, Geneviève ?

Presque craintive, celle-ci regardait sa fille. Elle prit sa main, avant de murmurer :

– J'ai besoin de ton accord, mon enfant. Ce n'est pas la coutume, je le sais, mais c'est important pour nous deux.

Frédéric mesura à cet instant la place que Lysiane occupait dans le cœur de sa mère.

– Frédéric, aimez-vous ma mère comme au premier jour à Chèvrefeuilles ?

Il crut à un piège et son regard alla de l'une à l'autre, puis il s'entendit répondre :

– Je suis sûr que je l'aime.

– Alors il serait temps que vous soyez heureux, ajouta-t-elle en levant sa coupe. Je commence à avoir sacrément faim, et vous ?

– Moi aussi, répondit Geneviève. Ce champagne mérite une suite digne de lui.

– Je te laisse un jeu de clefs, maman, tu pourras aller et venir comme bon te semble. Vous avez tant de choses à vous dire, tous les deux, et si peu de temps…, glissa Lysiane avec un sourire entendu.

Geneviève et Frédéric l'embrassèrent.

– Je vous la confie, ajouta-t-elle avec un clin d'œil vers Frédéric, avant de disparaître dans l'entrée de son immeuble.

Au matin, Lysiane retrouva sa mère endormie dans le lit de Florence. Elle dut la réveiller, le train pour l'Auvergne ne l'attendrait pas.

– C'est déjà l'heure ? J'ai à peine dormi, dit-elle en se frottant les yeux comme une enfant.

Lysiane lui sourit. Sa mère portait les traces du bonheur, mais elle l'ignorait encore.

Geneviève enlaça la jeune fille, et la serra très fort.

– Lysiane, ma chère Lysiane, je ne sais plus ce que je…

– Chut ! Maman, il ne faut pas perdre de temps, l'heure tourne.

– Merci mon cœur, merci. Il faut que tu saches…

– J'ai deviné, maman, j'ai deviné !

18

Elle sursauta, et après quelques secondes réalisa qu'elle se trouvait dans le train qui la ramenait vers l'Auvergne.

– Mon Dieu, j'ai dû m'endormir, dit-elle à une personne qui l'observait, un léger sourire au coin des lèvres.

– En effet, madame, et vous avez prononcé un prénom plusieurs fois, Frédéric, oui c'est bien ça, Frédéric.

– Mon mari, dit Geneviève, c'est mon mari qui pour des raisons particulières doit rester à Paris, hélas !

– Il n'est pas malade au moins ?

– Si, madame, bien malade…

– Ce sont des situations bien tristes en effet.

Après avoir pris la pause de la femme éplorée, Geneviève se cala contre la fenêtre, affichant ainsi sa volonté de ne pas être dérangée. Elle dut lutter contre un fou rire qui l'obligeait à ne pas quitter le paysage des yeux.

Par bonheur, ses voisins ne tardèrent pas à quitter le compartiment…

Frédéric s'évertuait à sortir de son rêve pour réintégrer les urgences de la réalité.

« Assumer deux affaires, courir de l'une à l'autre, gérer l'ensemble, assurer les réunions électorales, participer aux amicales auvergnates, celles du quartier, voilà où sont passées toutes ces années. Mais la vie de mon cœur, ma vie amoureuse, qu'en ai-je fait ? Aujourd'hui, le ciel m'offre une chance extraordinaire, je veux croire à cette vie nouvelle, Geneviève, si tu veux bien la partager avec moi. Je suis moi aussi de cette Auvergne, je n'ai pas déserté ! Dis-moi que tu es d'accord, ma chérie. » Les mots revenaient à sa mémoire.

Tous deux avaient passé des heures à ouvrir des chemins vers leur nouvelle vie : à trois, au pays ! « Au pays, répéterait Geneviève, à Boisset-le-Château. »

À l'épicerie, le travail avait repris, mais la patronne semblait une nouvelle femme, plus souriante, plus soignée, plus attirante.

Certaines clientes lui en firent la remarque, on ne se gêne pas trop à la campagne, on se connaît depuis toujours.

– Ben, madame Loupiac, c'est-y que vous auriez trouvé un fiancé par hasard ?

– Pas un seul, mais trois ! répondit-elle.

– Eh bien, vous avez de la santé ! Mais vous avez raison, parce que le temps mange le temps !

Belle formule, pensa Geneviève.

Et le temps se déroula comme auparavant, si ce n'était que, le soir, le téléphone sonnait. Et elle écoutait sa voix, ses mots. Et lui revenaient à la peau le souvenir de leur dernière nuit. Cette nuit parisienne, Geneviève ne l'oublierait jamais.

Les neiges arrivèrent, et s'entêtèrent jusqu'à fin février.

Mars marqua le premier anniversaire du décès de Mamatie. Lysiane n'avait pas oublié. Elles eurent toutes deux de longues conversations au téléphone.

Quelques jours plus tard, Frédéric questionna Geneviève :

– Je cherche une affaire dans le Cantal, ma chérie, c'est décidé. Un café-restaurant à reprendre peut-être, ou à créer, je ne sais pas encore.

– Je ne peux pas t'aider, je ne m'intéresse pas à ce genre de choses, mais à Boisset tu auras vite fait le tour du village, tu aurais plus de chance à Aurillac.

– Je suis en contact avec des agents d'affaires pour la cession de l'Assiette Auvergnate, il y aurait des acquéreurs.

– Tu ne vas pas tout vendre, Frédéric, sois prudent, ici, nous ne sommes pas à Paris.

– C'est imprudent de vouloir t'épouser ? C'est imprudent de vouloir enfin vivre ma vie comme je l'avais espéré ?

Geneviève perdait pied, elle le savait déterminé, et souhaitait elle aussi qu'il revienne au pays. Pour elle, il n'était pas envisageable d'aller vivre à Paris.

Un autre jour, il lui annonça une envie de vacances, pour mai ou juin.

– Nous allons prendre ensemble nos premières vacances. Je t'emmène où tu voudras !

– Et mon épicerie ?

– Une gérante a droit à ses congés, nous nous débrouillerons.

Lysiane n'avait pas lâché son idée de s'installer à son compte et s'en était entretenue avec son employeur qui possédait trois boutiques à Paris, en plus des deux « retoucheries ». Un jour de juin, il lui confia l'un de ses points de vente en disant : « Si je ne vous fais pas confiance, vous êtes capable de me lâcher, n'est-ce pas ? »

Lysiane annonça la nouvelle à son père, qui s'en réjouit avec elle.

– Tu as enfin ce que tu voulais ?

– C'est un bon début, mais toujours pas ma griffe…

– Tu es aussi entêtée que moi, et je suis fier de toi. Qu'en pense ta mère ?

– Elle voudrait que je revienne en Auvergne, c'est une obsession !

– C'est une idée que j'ai aussi. Je veux revenir dans le Cantal, il me manque depuis que je t'ai rencontrée, et si un jour tu as quelque projet, je t'aiderai, Lysiane.

– Pour le moment, je vais être responsable d'un magasin, il faut commencer par là, après nous verrons…

« Sacrée fille ! exultait-il. Elle fera son chemin. Aucun doute là-dessus. »

Un soir, une certaine conversation téléphonique prit un tour décisif.

– Je vais demander ta main à ton père, dit Frédéric à Geneviève.

Seul le silence de la ligne lui répondit.

– Tu m'as entendu, Geneviève ? Je te surprends certainement, mais c'est ainsi que je vois les choses. Je ne suis pas un voleur, et je veux qu'on le sache. Si je dois vivre un jour à Boisset-le-Château, je ne veux pas me cacher. J'imagine que l'entrevue sera difficile, mais je veux aller jusqu'au bout.

– Si Mamatie était encore de ce monde, elle nous aurait aidés, mais aujourd'hui… Mon père ne sait pas que tu as reconnu Lysiane.

– Je le lui dirai aussi. Je sais que nous aurons à échanger quelques propos difficiles, sur plusieurs sujets. Mais il y a bien au fond de lui quelques bons sentiments.

– Tu as du cran, Frédéric, je t'admire. Je vais préparer ma mère. Elle a toujours suivi aveuglément son mari, sans rien dire. Même aux pires moments. Il va y avoir du remue-ménage à Chèvrefeuilles, et j'en suis ravie !

À Paris, dans le cercle des Auvergnats, l'offre de vente de l'Assiette fit l'effet d'une bombe. Sainturbain cédait sa meilleure affaire !

Son ami du Lapin Rougon l'invita à dîner en tête à tête dans un dégagement des cuisines, ainsi que pratiquaient bon nombre de restaurateurs soucieux de protéger leurs secrets. À cette occasion, M. Georges l'informa qu'une connaissance à lui, dont il pouvait garantir le sérieux, se portait acquéreur.

Frédéric posa quelques questions, et rien ne filtra de cette soirée.

L'été passa sans que Geneviève et Frédéric partent en vacances ; tous deux se rencontraient tous les quinze jours environ. Le Cantal plaisait de plus en plus au Parisien. Un jour il téléphona aux Louvière et avoua à M'ame Marie qu'il savait maintenant la vérité sur son départ précipité des Colombières.

– Il fallait bien qu'un jour tu l'apprennes, Frédéric, et c'est très bien comme ça !

– Un jour, je reviendrai au pays, j'espère que je pourrai venir vous voir, vous avez été ma famille, je ne peux pas l'oublier...

– Tu trouveras toujours notre maison ouverte, mon petit Frédéric !

Il y avait tant de calme et de paix dans ces mots.

Le plus important pour Frédéric Sainturbain demeurait sa rencontre avec Marcel Granevas, le nouveau maître de Chèvrefeuilles, sauf la grange au foin et sa terre, mais Frédéric l'ignorait encore. À force d'y penser, de se l'imaginer, de le répéter comme on répète une pièce de théâtre, il se décida.

– Tu crois qu'il vaut mieux y aller tous les deux ?

– La rencontre ne sera pas facile, je connais mon père. Arrange-toi pour le voir tout seul, au moins la première fois, hors de la présence de Serge et de sa femme. Ce serait préférable.

Le premier dimanche de septembre 1983, Frédéric ne prévint personne aux Colombières, tandis que Geneviève attendait chez elle, pleine de crainte.

La voiture s'arrêta non loin de Chèvrefeuilles, la grande maison. Frédéric en descendit lentement, vêtu d'un jean, d'un blouson sur une chemise sport. Au loin, l'horloge du village donnait ses trois coups. Immobile, Frédéric regardait autour de lui. Un chien apparut, aboya un peu en regardant l'intrus, mais sans agressivité. « Un brave chien, pensa-t-il, ou un vieux chien fatigué. » La fin de l'été traînait encore sa lourdeur.

Ce fut une jeune femme qui apparut enfin sur le pas de la porte. Surprise.

– Vous cherchez quelqu'un, monsieur ?

Frédéric fit un pas vers elle.

– Oui, je voudrais voir M. Granevas, Marcel Granevas, s'il vous plaît.

– Mon beau-père fait sa sieste, mais il ne va pas tarder, vous pouvez l'attendre à l'intérieur.

– Merci, madame, je préfère patienter dehors, ne le réveillez pas.

– Comme vous voulez.

Et elle disparut comme elle était venue, dans ce silence qui traîne et s'accroche aux murs des maisons jusqu'à la nuit. Le dimanche après-midi, tout se tait après les grands travaux de l'été, les fenaisons et les moissons. La campagne et les hommes profitent de cette journée avant les récoltes suivantes. Aujourd'hui, les moissonneuses-batteuses ayant fait leur travail, les périodes de battages appartenaient au passé.

Perdu dans ses réflexions, Frédéric ne vit pas l'homme qui, lentement, se dirigeait vers lui.

Lorsqu'il se retourna, il ne put se tromper. Le temps avait marqué son visage, mais c'était bien Marcel Granevas.

L'homme s'immobilisa, ses yeux s'agrandirent d'étonnement.

– À moins que je me trompe..., dit-il.

Frédéric ne lui laissa pas le temps de réfléchir.

– Vous ne vous trompez pas, monsieur Granevas.

Les deux hommes, face à face, s'observaient. Soudain :

– Tu es ici chez moi et tu n'as rien à y faire ! Fous le camp et ne reviens jamais ! cria Granevas en se campant dans une attitude menaçante.

– Vous voulez appeler les gendarmes comme vous l'avez déjà fait ?

– Chez moi, je fais ce que je veux, je pourrais porter plainte ! hurla-t-il. Qu'est-ce que tu viens foutre chez moi, nom de Dieu ?

En proférant ces paroles, il s'était rapproché de Frédéric et levait le poing. Mais la main ferme de Frédéric avait bloqué son bras. Frédéric le regardait dans les yeux, sans haine, tandis que l'autre écumait de rage.

– Tout ça est inutile, monsieur Granevas. Au fond vous n'êtes pas si méchant que vous voulez le paraître. Calmez-vous, je ne suis pas venu pour régler des comptes. Rassurez-vous, ajouta-t-il en lui libérant le bras. Je ne suis venu que pour parler.

Gravenas grognait comme un animal en se frottant le bras que son adversaire avait serré d'une poigne de fer.

– Qu'est-ce que tu veux ? On t'a aperçu dans le pays plusieurs fois, tout se sait dans notre village.

– Je sais ce que vous avez fait pour me chasser d'ici, il y a vingt ans, je sais tout depuis peu de temps d'ailleurs. Mais éloignons-nous de la maison, marchons vers le grand hangar, s'il vous plaît.

Granevas ne voulait pas avoir l'air d'obéir, de céder à cet homme qui voulait le calmer.

– Vous n'avez rien à me dire, sur ce renvoi manu militari ? Ce serait plus simple.

Granevas fit non de la tête, plusieurs fois.

– Je n'étais pas un assez bon parti pour votre fille, et vos ambitions politiques vous permettaient d'espérer beaucoup mieux qu'un pauvre orphelin, c'est ça ?

Granevas voulut protester mais Frédéric l'en empêcha.

– Inutile de protester, monsieur Granevas. Avec Serge vous aviez bien monté votre affaire, et moi, dans tout ça, je n'ai compté pour rien. Votre orgueil a pourri la vie de tous vos proches. Vous avez dû marier Geneviève pour cacher votre honte !

– Tu as encore du venin à cracher, hein ? C'est pour ça que tu es revenu ! Oui, tu as gâché ma vie et celle de ma fille, oui, je l'aimais trop pour te la laisser !

– Saviez-vous qu'elle était enceinte à ce moment-là ? Vous le saviez ? Répondez-moi, monsieur Granevas !

Il plissa les yeux, rongé par une colère rentrée.

– Qu'est-ce que tu es venu faire ? répéta-t-il, je n'ai pas de temps à perdre !

Il fit mine de s'éloigner, mais Frédéric lui coupa le chemin.

– Vous savez que Lysiane est ma fille, n'est-ce pas ?

Granevas ne sembla pas surpris.

– Tu ne vas pas recommencer avec cette vieille histoire. Tout ça c'est du passé et le passé est mort et bien mort !

Marcel Granevas planta là son visiteur et, les mains dans les poches, rejoignit sa maison sans se retourner.

– À très bientôt, monsieur Granevas, cria Frédéric. J'ai d'autres choses à vous dire, vous n'êtes pas au bout de vos peines !

Le lendemain matin, Geneviève enfourcha sa bicyclette et se rendit à Chèvrefeuilles pour parler à sa mère, mais aussi à son père. Delphine Granevas l'accueillit fraîchement.

– Tiens ! Te voilà ! Tu aurais quelques mauvaises nouvelles à m'annoncer ?

– Lysiane va bien et moi aussi, te voilà rassurée ?

– Ton père m'a parlé hier soir…

Afin de ne pas brusquer les choses, Geneviève aida sa mère qui épluchait des légumes.

– Ton Frédéric est donc réapparu ? Tu ne m'en avais jamais parlé ! Je sais que ça ne me regarde pas, mais quand même.

Geneviève ne relevait pas.

– On se demande ce qu'il est venu faire, ton père n'a pas pu savoir. Après tout ce temps ! Tu pourrais m'en dire quelque chose ?

– Tu ne vas pas me croire, maman, mais c'est à Paris que tout s'est passé. Il travaille là-bas et c'est par hasard que Lysiane et lui se sont rencontrés à une soirée auvergnate. Ils ont parlé du Cantal, et de fil en aiguille il lui a dit qu'il avait connu une certaine Geneviève Granevas, à Chèvrefeuilles. C'est moi qui ai dit à Lysiane qu'il était son père.

– Sainte vierge ! Tu ne me racontes pas d'histoires au moins ?

– Tu es bien placée pour le savoir, même si tu ne contraries jamais ton mari depuis toujours.

Delphine se laissa aller sur une chaise, un torchon à la main.

– Papa a dû te raconter ?

– Il n'a pas aimé cette visite, tu peux me croire, il n'a presque rien pris au dîner.

– Le pauvre homme !

Delphine haussa les épaules, nerveuse.

Geneviève baissa la voix.

– Frédéric voulait lui demander quelque chose de très important, mais ce n'était pas le bon moment.

– Geneviève, dis-moi ce qui se passe.

Elle fit la sourde oreille.

– Frédéric va revenir cet après-midi, et je l'accompagnerai. J'aimerais que tu sois là aussi.

Delphine ne répondit pas, vexée du silence de sa fille.

Geneviève se hâta de reprendre sa bicyclette et de quitter Chèvrefeuilles. Son père était une tête de mule dont on pouvait tout craindre.

Elle ne put contenir les larmes de rage qui filaient vers ses tempes tant elle appuyait sur les pédales.

À la même heure que la veille, la voiture de Frédéric se gara à Chèvrefeuilles, juste un peu plus loin. Dans un premier temps, Geneviève en descendit et se dirigea seule vers la maison, tandis que Frédéric attendait, hors de la « propriété privée ». Il patientait depuis quelques minutes lorsqu'il vit Geneviève et son père sortir de la maison. Elle lui fit signe de s'avancer. Ce qu'il fit tandis qu'une deuxième silhouette se profilait sur le seuil de la maison, Delphine Granevas.

Dès qu'il fut assez proche et rejoint par Geneviève, il entendit Granevas lui dire :

– Il me semble que je m'étais fait comprendre, tu n'as rien à foutre ici, tu as peut-être la tête dure ?

– Je ne serais pas le seul dans ce cas, n'est-ce pas monsieur Granevas ? Depuis que je sais que Lysiane est ma fille, je ne peux plus vivre comme avant. J'ai appris votre comportement dans cette affaire et j'essaie de les oublier, pour me souvenir seulement de l'homme que vous étiez avant, vous et Serge, avec qui je m'entendais bien. C'est bien vous, monsieur Granevas, qui m'invitiez pour les quatre heures avec Mamatie, vous vous en souvenez ?

– Sornettes tout ça ! Tu es revenu pour quoi exactement ?

Après un court silence, Frédéric se lança :

– Je vous demande officiellement la main de Geneviève !

L'homme se raidit tout entier. Delphine mit la main devant sa bouche craignant le pire. Geneviève souriait à Frédéric qui avait osé. Il ne la regardait pas, attendant la réponse de cet homme qu'il sentait muré en lui-même.

– Jamais ! Jamais tu n'auras mon consentement, hurla Marcel Granevas qui après ce beuglement tourna les talons et s'engouffra dans la maison, suivi aussitôt de sa femme.

Geneviève se serra contre Frédéric, à peine surprise de ce qu'elle venait d'entendre. Alors il l'entoura de ses bras et, avec une moue :

– Ça ne nous empêchera pas de nous marier après tout. Qu'en penses-tu ?

Il lui donna un petit baiser rapide. Le vieux chien les regardait d'un œil triste et blasé.

– Allons plutôt saluer les Louvière, décida Frédéric. Ça leur fera plaisir.

Ils déplacèrent la voiture de quelques mètres et, d'un pas serein, arrivèrent aux Lilas dont la porte entr'ouverte les invitait déjà. Seule Marie vaquait dans la maison.

– Bonjour M'ame Marie, nous ne vous dérangeons pas ?

– Jamais de la vie, Frédéric, dit-elle en l'embrassant. Mais… tu n'es pas seul ?

– J'ai retrouvé ma Geneviève, les présentations sont inutiles, je crois.

Et elles s'embrassèrent.

– Je vous prépare un café, juste quelques minutes, asseyez-vous. Anselme est je ne sais où avec André. Quel plaisir de vous voir tous les deux.

– Je n'ai guère de temps mais j'aurais aimé dire à M. Anselme que toutes mes questions ont trouvé réponses, au-delà de mes doutes et de mes espérances.

Avec un grand sourire, Marie hocha la tête.

– Je le lui dirai, compte sur moi. Au village on parle beaucoup de toi, tu n'es pas passé inaperçu…

– Je n'ai rien à cacher, et bientôt…

– Bientôt ? reprit Mme Louvière.

Geneviève et Frédéric répondirent par un sourire entendu.

Marie n'insista pas.

– Lysiane va bien ?

– Elle vous envoie le bonjour. Et de votre côté, comment va la petite famille ?

– Avec nos deux petits-enfants, rendez-vous compte !

Ce moment paisible, Frédéric l'aurait volontiers prolongé. Mais il lui fallait partir, et rejoindre la capitale le soir même.

19

Aussi dur qu'un bloc de granit, Granevas s'était positionné : Frédéric n'obtiendrait jamais son consentement.

Lorsque ce dernier en informa Lysiane, elle mesura la profondeur du mal dans lequel était enfermé son grand-père. Pourtant, se disait-elle, il devait bien exister au fond de lui une porte donnant sur un cœur. Mamatie le lui avait affirmé un jour, mais l'avait-elle bien discerné ?

Elle se promenait avec son père le long des quais de la Seine.

– Je cherche une affaire à reprendre, ou à créer, je ne sais pas encore, dit Frédéric. Je n'attends plus que ça pour retrouver ta mère qui me manque tant.

Lysiane le regardait tendrement, ce père lui plaisait chaque jour davantage. Elle n'était plus seule à Paris.

– Si vous retournez en Auvergne, j'y retournerai aussi, affirma-t-elle. Je me débrouille bien pour gérer mon affaire, j'apprends, et chaque détail est précieux pour moi. Le commerce est une affaire de contact, de doigté, d'habileté, surtout dans mon métier. Je suis si heureuse de proposer mes robes, mes accessoires, mes marques, et avec la « retoucherie » en complément, c'est un atout sérieux. J'ai bien intégré que la charge salariale des retoucheuses est lourde pour les boutiques, aussi je proposerai ma retoucherie aux autres commerçants avec un tarif préférentiel, et je réussirai sur les deux tableaux, ventes et retouches !

– Tu as les affaires dans le sang. Tu pourrais bien être ma fille, ajouta-t-il en lui baisant le front.

– Et pour ma griffe, j'ai une idée...

Il l'observait, ravi.

– Ne me regardez pas comme ça...

– Pardon, Lysiane. Je t'admirais. Si l'on m'avait dit qu'un jour...

– À moi aussi, mon cher père, si l'on m'avait dit...

– Trouve une boutique à Aurillac, je serai ton banquier.

Elle l'interrogeait du regard, n'osant le questionner davantage.

– Je suis ton père, bientôt le mari de ta mère. Il y a un certain cafouillage dans l'ordre des choses, j'ai eu ma fille avant d'épouser sa mère, mais nous sommes réunis, c'est ce qui compte.

Elle s'approcha lentement de lui, et se jeta dans ses bras. Il lui fut délicieux de l'étreindre comme une enfant, et d'entendre ses sanglots qui ne devaient rien au chagrin. Il eut bien du mal à entendre ce qu'elle bafouillait :

– Je vous aime mon père, oui, je t'aime tellement, papa...

Frédéric ne pouvait articuler le moindre mot. Tous deux attendirent que se calme en eux l'orage d'émotions.

– Merci mon amour de fille, merci.

Elle s'écarta enfin de lui, et il vit ses magnifiques yeux verts ruisselant de larmes.

– Je suis sûr que tu as les beaux yeux de ma mère, je les vois à travers les tiens. Et si elle avait les yeux noirs, tant pis ! Tu as quand même les yeux de ma mère, ceux que j'ai imaginés. Je suis un peu fou, mais ce sera notre secret, rien qu'à nous deux.

Lysiane prit alors conscience que son père était orphelin, qu'il n'avait jamais eu de mère, et ces larmes redoublèrent. Elles soudaient ces deux êtres de manière si profonde que Lysiane en eut la révélation et le vertige en même temps.

À Boisset-le-Château, un souci tournicotait dans l'esprit de Geneviève, et la chose l'agaçait. Elle porterait bientôt le nom de Sainturbain, et perdrait celui de Loupiac, bien évidemment. Lysiane avait changé de nom, mais personne ne le savait dans le pays. Quant à ses beaux-parents Loupiac... Fallait-il les prévenir ? « Voilà qui devrait les libérer. Je n'oublierai jamais l'insulte de Gustave Loupiac à cet enterrement... »

Elle prévint Lysiane de son intention de se rendre chez ces gens pour les informer, ce qui libérerait sa conscience.

– Puisqu'ils nous détestent, il est temps que tu fasses la démarche. Tu veux que je t'accompagne, maman ?

– Pas la peine, j'aurai ce courage. Après, nous regarderons l'avenir plus sereinement, tu ne crois pas ?

– Tu as raison, maman. Et puis il faut que je te dise : Frédéric et moi, nous avons longuement marché sur les quais de la Seine.

– Quoi de plus naturel ? Que veux-tu me dire ?

– J'ai pu enfin lui dire que je l'aimais, maman.

Très émue, Lysiane avait raccroché. Geneviève en resta interdite, le combiné dans la main. Puis elle alla s'asseoir, pour savourer ce qu'elle ressentait comme l'œuvre du temps.

Du temps pour former une nouvelle famille, du temps pour franchir l'une après l'autre les étapes, du temps pour que le ciment du temps unisse toutes les pierres de la forteresse. Comment disait sa cliente, déjà ? Ah oui, le temps mange le temps. Mais le temps donne aussi, et façonne jusqu'à l'indestructible.

Ce qu'elle avait envisagé de faire, Geneviève l'entreprit. Elle n'avait jamais possédé de voiture personnelle – mais elle avait son permis de conduire – ce fut donc l'une de ses clientes et amies qui la conduisit chez les Loupiac. Mme Loupiac avait été lingère, et Gustave employé chez un grossiste en matériaux de toutes sortes.

Geneviève frappa à la porte de la maisonnette qu'entourait un grand potager comme il est de coutume dans les familles modestes. Elle attendit un certain temps, avant que la porte ne s'ouvre.

Dès que Mme Loupiac reconnut Geneviève, son attitude et l'expression de son visage se figèrent. Sa main se crispa sur la poignée de la porte.

– Bonjour, dit la visiteuse.

La femme répondit d'un signe de tête.

– Je suis venue vous parler quelques minutes, si je ne vous dérange pas.

Elle daigna pousser la porte de quelques pas, juste pour qu'on puisse la refermer. Geneviève vit alors Gustave assis près du canton. Dès qu'il la reconnut, il baissa le nez.

– Voilà, commença Geneviève. Notre vie à tous n'a pas été une réussite, vous en conviendrez. Ce mariage avec Armand avait été arrangé par mon père, et Armand a fait ce qu'il a pu pour moi et la petite. Mais vous saviez qu'elle n'était pas sa fille.

Gustave écoutait sans le moindre mouvement. On aurait pu le croire mort. Des cheveux blancs dépassaient sous sa casquette crasseuse et la peau blanchâtre de sa nuque semblait du carton. Ses mains s'agrippaient à un bâton, celui qui sert habituellement à « grattouiller » les braises. Quant à Henriette, elle se tenait debout et raide, ses mains torturaient un mouchoir ou quelque chose d'approchant. Ses cheveux poivre et sel étaient en bataille et sa robe-tablier pas très nette.

– Beaucoup de temps a passé, et le père de Lysiane l'a reconnue officiellement. Je vais me marier. Nos chemins se sont croisés, ils se séparent aujourd'hui. Je suis venue vous en informer. C'est tout.

À ce moment précis, Gustave daigna lever légèrement la tête, et elle aperçut un œil, et un sourcil broussailleux qui se fronçait.

Elle attendit, mais rien ne vint, rien que cet œil qui la transperçait.

Puis du bout de son bâton il lui indiqua la porte. Elle n'obéissait pas assez vite alors il agita le bâton plusieurs fois et Geneviève comprit qu'elle devait déguerpir.

Sans dire un mot, elle sortit et la porte se referma sèchement derrière elle. Sur une page bien triste de sa vie. Et soudain, un hurlement la fit sursauter :

– Qu'elle aille au diable ! Qu'elle aille au diable cette salope !

Elle en frissonna de terreur, jamais elle n'aurait pu imaginer un tel dénouement. La dernière bombe avait explosé. Geneviève accéléra le pas, imaginant qu'un bras armé d'un gourdin la poursuivait.

Dans cette maison, celle des Loupiac, il n'y avait jamais eu de bonheur. Les hommes et les femmes gardaient leurs émotions enfouies sous une façade infranchissable. Jusqu'à la mort.

À l'épicerie, les clientes commentaient la mort de Tino Rossi, ce 26 septembre 1983, et certaines affirmaient que l'on ne retrouverait jamais une telle voix. Geneviève, distraite, espérait que la fin de l'année ne lui réserverait plus de surprises désagréables. « Heureusement, j'ai mon travail ! » Entre la réception des marchandises, la mise en place, l'inventaire et la gestion, le temps de penser était bien mince. « J'espère que 84 sera une meilleure année, il serait bien temps, car l'une après l'autre… »

En ce samedi 1er octobre, son frère l'alerta. Le père avait été transporté d'urgence à l'hôpital d'Aurillac, après une chute assez inexplicable dans le grand hangar.

– C'est grave, il aurait plusieurs fractures, bras et jambe. Je t'appellerai dès que j'en saurai davantage…

« À la merci de tout le monde à l'hôpital, ça va le changer, j'espère tout de même que ce ne sera pas trop grave, il n'a plus vingt ans. Plusieurs fractures… il va en endurer, et pendant pas mal de temps. Ma mère va encore le supporter, je le vois d'ici torturer son monde. Pauvre femme… »

Puis les nouvelles se précisèrent. Double fracture à la jambe gauche, tibia et péroné, et au bras l'humérus, du même côté. Traumatisme crânien, déchirures du cuir chevelu sans gravité.

– Comment ça s'est passé ?

– Sous le hangar, il y a toujours des tas de choses, des matériaux de construction qui attendent je ne sais quoi. Au-dessus, j'avais glissé une vingtaine de planches et voilà qu'il en a eu besoin. Il a grimpé, mais une fois là-haut, les planches ne l'ont pas assez soutenu et il a perdu pied. Comble de malheur, le tracteur encore lié au matériel de labour était garé tout contre, comme d'habitude. Il est donc tombé sur la charrue, et il aurait pu se tuer, voilà où nous en sommes. Mais il n'est pas prêt de rentrer à Chèvrefeuilles, je te le dis.

Lorsque Lysiane apprit la nouvelle, elle pensa surtout à sa grand-mère qui devrait supporter son fichu caractère. Quant à Frédéric, il se souvenait encore de sa dernière entrevue…

Les jours passèrent et Geneviève lui rendit visite. Une visite sans paroles, son père ne desserra pas les dents. Il paraissait verrouillé, soit dans sa souffrance, soit dans quelque chose de pire.

– Il ne souffre plus, dit l'infirmière, mais nous avons eu quelques inquiétudes pour son cœur. Mais le plus dur, ce sera la rééducation, et elle sera nécessaire.

– Dans cet hôpital ?

– Ce serait souhaitable, en effet. Il n'est pas d'un caractère facile et nous avons des kinésithérapeutes à poigne. Plus tard il pourra continuer chez lui.

Geneviève rentra chez elle avec l'intention de ne pas le revoir. L'accueil avait été trop glacial.

Les jours, les semaines passèrent. Sa mère, son frère Serge et sa belle-sœur le visitaient tous les cinq jours environ. Il ne demandait jamais de nouvelles ni de sa fille, ni de sa petite-fille. Un affrontement muet, cruel, et Geneviève en souffrait, mais refusait de se soumettre.

Octobre s'achevait lorsque Geneviève reçut un coup de téléphone assez surprenant de la part du chef de service de l'hôpital.

– Ne vous inquiétez pas, madame, je suis chargé d'une mission, en quelque sorte, assez originale d'ailleurs, que m'a demandée et même commandée M. Granevas, votre père. Tellement insistante que je n'ai pu m'y soustraire.

– Que se passe-t-il ?

– Rassurez-vous, il va bien. M. Granevas demande que vous lui rendiez visite dès que possible, en compagnie de Frédéric. Il est nécessaire que vous y soyez tous les deux. Voilà le message qu'il m'a chargé de vous transmettre. Je vous laisse mon numéro de portable, je le préviendrai ainsi de votre venue.

Geneviève raccrocha et se laissa tomber sur une chaise. « Mais qu'est-ce qu'il veut encore ? Et qu'est-ce qu'il rumine contre Frédéric ? Il ne lui a pas fait assez de mal ? Oh, cette haine jusque sur son lit d'hôpital ! »

Elle s'écroula, en proie à une crise de larmes. Fallait-il qu'elle le fasse venir ? Fallait-il accepter une dernière confrontation ?

20

Geneviève avait réussi à convaincre Frédéric de répondre à la demande du père Granevas. Une date fut convenue, lundi 23 vers les quatorze heures. Geneviève informa le chef de service et confirma. Au jour dit, Geneviève et Frédéric entrèrent sous le porche du Centre hospitalier.

Frédéric s'arrêta un instant, et regardait autour de lui.

– Que cherches-tu, Frédéric ? On dirait que tu es perdu.

– Je me demande où ma mère, ou quelqu'un d'autre, aurait posé le panier dans lequel on m'a trouvé. Je n'étais jamais revenu ici, c'est très troublant.

Geneviève l'attendit, sans le presser. Puis elle prit son bras et le serra tendrement.

Tous deux se présentèrent à l'accueil, Granevas avait été changé de service.

– Après la chapelle, sur votre droite…

– Cet hôpital est d'une tristesse…, dit Frédéric, il y a des personnes âgées partout, sur les bancs, dans les allées.

Elle répondit en souriant :

– Quand nous serons bien vieux et seuls, nous aussi on essaiera de profiter des heures de soleil.

Frédéric ne répondit pas.

Ils franchirent l'entrée du bâtiment et eurent la surprise d'y découvrir, assis l'un près de l'autre, Delphine Granevas et son fils Serge.

Geneviève ne put dire qu'un bonjour timide.

À ce moment, une infirmière les invita à la suivre vers la chambre de M. Granevas.

Tel un fantôme recouvert d'un drap blanc, le bras gauche relevé par des poulies, il semblait déjà accuser…

Sa femme se pencha pour l'embrasser, ainsi que son fils. Les autres ne firent qu'un signe de tête poli.

– Je vous ai demandé de venir… merci d'être là.

Sa voix semblait ralentie.

– Je viens de passer un sale moment mais j'ai la carcasse solide. Le cœur m'a aussi fait comprendre que je n'étais pas éternel. J'ai passé tout ce temps à réfléchir, et le bilan n'est vraiment pas bon. Dans le début de ma vie, je n'étais pas plus mauvais qu'un autre, ma pauvre mère vous l'aurait dit. Mais approchez-vous, je n'ai plus l'habitude de parler fort, et j'ai vite la bouche sèche.

Il tendit la main vers le verre d'eau que Delphine s'empressa de lui rapprocher. Il but lentement, observa chacun des visiteurs, puis :

– Je ne vous ai pas simplifié la vie, je sais. Il y a vingt-sept ans que je souffre parce que l'orgueil m'a pris tout entier. En voulant te protéger, ma fille, c'est vrai, c'est moi que je protégeais. Je t'aimais par-dessus tout et je voulais pour toi un mariage somptueux, et pour moi la mairie. Je m'y préparais depuis tellement longtemps !

Il baissa la tête. Sa mère et son fils n'étaient pas plus fiers.

– J'ai commis la plus grande faute de ma vie et j'ai entraîné Serge dans cette mauvaise aventure et ma femme, qui n'a jamais pu manifester sa colère. Pardon, Geneviève, pardon Frédéric pour ma lâcheté. L'homme est parfois capable du pire et j'ai été celui-là. Je n'ai pas pu aimer la petite Lysiane, et j'en crevais de douleur parfois, mais je ne pouvais pas avouer.

Il demanda un autre verre qu'il but à peine, tant sa main tremblait. Puis, s'adressant à Frédéric :

– Si Geneviève te veut toujours, épouse-la, elle le mérite mille fois.

Ses yeux s'emplirent de larmes tandis que Geneviève essayait tant bien que mal de le serrer dans ses bras.

– Merci papa, merci, merci...

Frédéric s'était rapproché et serrait sa main valide. La mère pleurait, Serge et Frédéric s'approchèrent l'un de l'autre et, après quelques hésitations, se donnèrent l'accolade, comme au temps où ils s'entendaient comme larrons en foire.

– Je voudrais vous demander encore une chose, une chose à laquelle je pense tous les ans depuis... Je voudrais que vous veniez tous à la maison pour Noël, à Chèvrefeuilles, avec Lysiane bien entendu. J'espère que je pourrai marcher de nouveau et que tout ça ne sera plus qu'un mauvais souvenir. Ce sera le plus beau Noël de ma vie. Delphine, tu pourras leur préparer un bon...

– Il n'en est pas question, papa, c'est moi et Frédéric qui préparerons le repas ! Depuis que j'attends...

L'émotion était trop forte.

Geneviève et Frédéric en avaient la tête tourneboulée en quittant la chambre. Ils descendirent l'allée qui rejoignait l'avenue de la République, laissant derrière eux la mère et le frère.

– Je ne sais plus quoi dire, dit Frédéric qui prit la main de sa compagne. Voilà la dernière chose à laquelle je m'attendais. Je te ramène à Boisset, je veux cette fois le respirer différemment, à pleins poumons. Nous allons pouvoir y vivre comme des gens normaux, je veux dire comme des…

– Tu pourras désormais te montrer au maire et au curé, à tous ! Ils vont retrouver le petit Frédéric d'autrefois, un peu changé tout de même, mais celui qui avait le béguin pour la fille de Chèvrefeuilles. Mais le plus important pour commencer, c'est le grand repas de Noël, le rassemblement de toute la famille, avec notre fille…

– J'espère qu'il n'y aura pas de retour en arrière, j'ai trop envie de revenir au pays. Comme tu as bien fait de me forcer à venir.

– Dépêchons-nous, tu vas me ramener et perdre du temps, la nuit tombe plus vite, je pense à ton retour à Paris.

– Et si tu m'invitais, pour cette nuit ?

– J'ai bien un deuxième lit, en effet, dit-elle, très pince-sans-rire.

Le voyage fut bref. À l'arrivée, Frédéric la prit par la main et l'emmena sur la petite place de l'église, déserte à cette heure.

– C'est ici que nous nous marierons, annonça-t-il, solennel. À l'église Saint-Martin !

Elle lui sourit. Les nuages d'orage avaient laissé la place à un ciel d'un bleu pur.

À Paris, les nouvelles circulaient, et la vente de l'Assiette Auvergnate arriva aux oreilles de Juliette. Poussée par la curiosité, elle téléphona à Frédéric. Elle avait un ami, disait-elle, qui recherchait une affaire de ce genre. Frédéric la connaissait, il devina le stratagème.

– Tu sais très bien qui s'occupe de mes transactions, ne joue pas l'innocente.

– Je voulais en être sûre, même si cela ne me regarde plus. Alors tu vends ?

– Te voilà rassurée, je crois savoir que tout va bien pour toi ?

– Merveilleux ! Et toi Frédéric ? Toujours avec la jolie brune aux yeux verts ?

– Plus que jamais.

– Tu ne vends pas à cause d'elle au moins ? Ou alors tu as perdu la tête, ça ne peut être qu'une histoire de quelques mois, comme les autres. Tu ne vas pas te marier ?

Une fois de plus elle se révélait jalouse, peut-être toujours amoureuse. Mais Frédéric joua cartes sur table.

– Eh bien, si tu peux garder le secret, j'avoue que je m'y prépare. Mais je compte sur toi, nous n'allons pas nous faire du mal aujourd'hui, n'est-ce pas ?

Juliette perdit son sang-froid.

– Vous êtes tous pareils ! Dès que vous apercevez une jeunette vous oubliez tout le reste ! Et puis je m'en fous, je te souhaite bien du courage avec cette créature...

Il était temps de lui annoncer la vérité.

– Écoute-moi, Juliette. Peut-être pour la dernière fois. Cette créature, comme tu l'appelles, n'est autre que ma fille. Tu m'entends ? Ma fille dont j'ignorais l'existence. Je l'aime comme tu ne peux pas imaginer ! Et celle que je vais épouser, c'est sa mère ! Oui, je vais quitter Paris pour enfin vivre comme je l'avais espéré.

– Je ne te crois pas, ce n'est pas possible ! Tu ne peux pas quitter Paris. Pas toi ! Quant à ton histoire, tu manques d'imagination, je ne suis pas née de la dernière pluie !

– Comme tu voudras, Juliette. Je te dis adieu, j'ai une vraie vie qui m'attend. Sans rancune ?

– Ton histoire, je n'en crois pas un mot ! Salaud ! Salaud !

Les derniers mots de leur histoire avaient été prononcés depuis quelque temps déjà, mais Juliette avait espéré récupérer son homme…

Frédéric se demandait parfois comment il arriverait à se détacher de la vie trépidante de Paris. Puis le doute s'effaçait en songeant à sa fille. Et le bonheur serait total avec Geneviève qu'il aimait.

S'il cédait l'Assiette, il pourrait investir largement en Auvergne. Il conserverait son autre affaire : Premier. Il savait que Gérard, son homme de confiance, voulait lui aussi voler de ses propres ailes. Alors dans sa tête une idée germa.

L'affaire lui fut proposée dans le plus grand secret : la gérance libre de l'établissement. Au début, Gérard ne crut pas Frédéric. Il fallut à celui-ci beaucoup de patience pour l'en convaincre.

– Un propriétaire ne confie pas, même avec un contrat, une affaire telle que celle-là à un inconnu, c'est presque toujours un homme de la maison ou un proche qui a la priorité.

– Mais avec vous, j'aurai totalement confiance.

Gérard ne put s'empêcher de lui demander les causes de ce changement.

– Pour des raisons de famille, je quitte la région parisienne…

– Des raisons familiales ? s'étonna Gérard. Excusez-moi, mais je pensais que…

– Moi aussi, je pensais que j'étais seul, et depuis toujours. Mais voilà qu'aujourd'hui je ne le suis plus. Le bonheur qui m'arrive vaut bien que je quitte Paris et que je retourne en Auvergne. On m'attend, oui, on m'attend. Je vais recommencer là-bas.

Gérard demeurait sur la réserve, d'autres questions auraient été maladroites.

– Je viendrai souvent à Paris, ne me décevez pas, Gérard, j'ai confiance en vous.

Suivirent des esquisses de projets financiers et mille autres détails qui effrayaient celui qui buvait les paroles de Frédéric.

– Réfléchissez, Gérard, vous tenez la chance de votre vie.

21

Le printemps conviendrait tout à fait pour leur mariage. Pourquoi attendre ? N'avaient-ils pas perdu assez de temps ?

Rien n'empêcherait Frédéric de retourner à Paris le temps de régler ses affaires, quant à Mme Frédéric Sainturbain, elle aurait la patience qu'il faudrait. Mais pas au-delà, avait-elle annoncé.

Geneviève s'était rendue une nouvelle fois au chevet de son père dont l'état s'améliorait.

– J'espère que Frédéric ne m'en veut plus, demanda-t-il. À sa place, je ne sais pas ce que j'aurais fait, j'ai tout de même été un beau salaud.

– Il faut mettre un terme à tout ça, le passé est derrière nous. Tu lui as fait le plus beau des cadeaux et il le sait. Tu ne vas pas te culpabiliser tous les jours. Il me parle de Serge, de sa femme qu'il a dû apercevoir le premier jour où il est venu te rencontrer, de ses enfants qu'il ne connaît pas. Il va y avoir de l'émotion, c'est garanti.

Marcel Granevas cherchait à présent ses mots :

– Je voulais te dire aussi que les Louvière m'ont rendu une petite visite. J'ai été heureux de les voir, et en même temps j'avais le cœur qui s'est mis à me pleurer.

Geneviève ne lui connaissait pas cette manière de s'exprimer.

– Nous n'étions pas beaux à voir tous les trois, il a bien fallu que je me confesse à eux aussi, j'ai fait chasser celui qu'ils auraient pu adopter. Mais ma fille, ils savaient déjà tout, et ça, c'était le pire à entendre. Ils m'ont serré la main, oui, ils m'ont dit qu'ils espéraient me voir bientôt à Chèvrefeuilles. Tu te rends compte ?

– Papa, tu es en train de redevenir celui que nous aimions, Serge et moi, maman et Mamatie. C'est bon de te retrouver.

– On n'en parle plus ! Encore une chose peut-être, si tu le veux bien. Tu t'arrangeras avec les autres, pas vrai ? Les Louvière pourraient bien venir pour le dessert avec tous les leurs. Il me semble que la maison sera assez grande, si on se serre un peu.

« Mon père est un homme étrange, il nous ferait perdre la tête à tous ! » pensait Geneviève en marchant dans les rues d'Aurillac. Elle léchait les vitrines où les tenues de fin d'année apparaissaient déjà.

Elle arpentait les rues menant à la place de l'Hôtel-de-Ville lorsque ses yeux tombèrent sur une affichette à la porte d'un magasin de prêt-à-porter féminin. « BAIL À CÉDER », suivi d'un numéro de téléphone. Elle nota l'information sur un minuscule carnet, et reprit le chemin de la gare, il était grand temps.

« Si au moins il s'agissait d'un restaurant ou d'un café, pour Frédéric… »

Tout se mettait en marche, insensiblement. Le temps passerait vite, le printemps arriverait…

Le 25 décembre approchait enfin, ce serait un dimanche cette année. Les premiers jours de l'hiver s'annonçaient assez doux.

Lysiane et Frédéric arrivèrent ensemble, le samedi. L'appartement de Geneviève parut plus étroit.

– Voila ce qui arrive, lança-t-elle, tout sourires, lorsque les familles s'agrandissent !

Et tous d'apprécier ces charmantes paroles.

– J'aurai besoin de toi, Lysiane. Pourrais-tu servir les clients pendant mon absence, nous devons aller à Chèvrefeuilles avec Frédéric ?

– J'ai toujours rêvé de jouer à l'épicière, ne t'inquiète pas, maman, je me débrouillerai…

Geneviève plaçait dans le coffre de la voiture tout ce qu'elle avait préparé, y compris l'énorme dinde traditionnelle.

À Chèvrefeuilles, on les attendait fébrilement du côté de Serge, sa femme et ses enfants.

Frédéric embrassa Delphine, serra la main de Marcel, ainsi que celles de Serge et de ses deux garçons, Kevin et Alban.

Lorsque Nathalie entra dans la grande pièce commune, Serge la lui présenta et il l'embrassa, comme s'il la connaissait depuis toujours.

Marcel Granevas s'appuyait sur des béquilles pour étayer ses déplacements hasardeux.

– Ce qui me gêne le plus, c'est que tout soit cassé du même côté, dit-il en souriant.

– Mais tu aurais pu te fracasser la tête, grand-père, intervint le grand Kevin.

– Chez nous, on a tous la tête dure, ajouta Alban.

– Frédéric, je vais commencer à préparer la bête, dit Geneviève, tu peux rejoindre Lysiane, tu viendras me prendre vers dix-huit heures.

– Mais peut-être avez-vous besoin d'un coup de main, dit-il, surpris qu'on l'expédie aussi vite.

– Merci, Frédéric, maintenant c'est l'affaire des femmes, annonça Delphine.

Il quitta Chèvrefeuilles avec un sentiment étrange. Si Granevas était revenu à de bons sentiments à son égard, Frédéric avait perçu chez lui une certaine retenue. Mais il fallait considérer les grands changements qui l'avaient bouleversé, et même la visite de son futur gendre l'avait peut-être intimidé ? « À moins que je me fasse des idées ? Il faut dire que revenir dans cette maison après tant d'années n'a chamboulé. »

Frédéric fit une halte chez les Louvière. Ils étaient tous deux dans leur cuisine, lui, jetant un œil aux dernières nouvelles du quotidien *La Montagne*, elle, repassant et rangeant du linge.

– Eh bien, désormais nous te verrons plus souvent, et vois-tu, nous en sommes très heureux, dit Marie.

Et Anselme d'ajouter :

– Les choses se remettent en place d'elles-mêmes. Je t'avoue sincèrement que je n'y croyais guère, mais ça me fait tant de plaisir… Et ta Geneviève porte le bonheur sur elle, ça crève les yeux ! Entre donc un moment.

– Demain, nous nous reverrons tous chez Mamatie, pardon, chez les Granevas.

– Nous te comprenons. Et Lysiane, où est-elle ?

– Elle remplace sa mère à l'épicerie pendant que Geneviève prépare le repas pour demain.

Soudain, un jeune homme entra comme chez lui, précédé d'un enfant qui courait vers Anselme.

– Je te présente, André, mon fils, et le turbulent Sébastien. Celui-là ne tient pas en place.

Les présentations faites, Frédéric, ravi, dut s'en retourner auprès de sa fille. Tous se retrouveraient le lendemain. André n'était autre que l'homme aperçu au café, lors de sa première visite. Mais Frédéric n'en dit mot.

Lysiane avait fort bien tenu son poste, et même dû répondre aux questions indiscrètes des clientes, surprises de la voir ici.

– Ma mère donne un coup de main à Chèvrefeuilles, demain il y a réunion de famille.

– Ce n'est pas l'habitude chez vous, il y aurait du nouveau ?

– Nous fêtons la guérison de mon grand-père et un autre événement…

– Ah bon ? Tu vas peut-être leur présenter un fiancé ou annoncer ton mariage, ce serait normal à ton âge.

– Vous êtes trop curieuses et trop pressées, mesdames, coupa-t-elle en riant.

Soudain entra un jeune homme qui s'arrêta net en l'apercevant. Bernard n'en croyait pas ses yeux.

– Toi ici ?

– Un remplacement de quelques heures, tout simplement. Bonjour, Bernard, comment vas-tu ?

Elle se dirigea vers lui et ils s'embrassèrent en vieux amis.

– Il y a si longtemps que je… Enfin que tu es… Je pense si souvent à toi, finit-il par dire.

– Je ne viens plus beaucoup au pays. Et toi, que fais-tu ?

Il la buvait des yeux, maladroitement, et son émotion était si visible que Lysiane en fut troublée. Elle le trouva même beau garçon, un peu timide, mais ses yeux de soie étaient plus clairs encore, et Lysiane songea un bref instant qu'elle n'avait jamais vu un pareil regard.

– Je travaille chez le même patron mais j'ai envie de me lancer, de créer mon entreprise. Il y a de l'ouvrage par ici. Tu restes quelques jours ?

– Deux jours, seulement, mon travail m'attend, et de plus…

– Ce sera pour une autre fois… N'oublie pas que je saurai t'attendre…, osa-t-il lui avouer. Je dois récupérer ma commande, elle est prête ?

– Oui, tout est prêt, Bernard, ma mère m'avait prévenue, voici…

Messe de Noël en l'église Saint-Martin.

Ce qui en surprit plus d'un en cette messe de minuit à Boisset-le-Château, ce fut d'apercevoir Geneviève et

Lysiane accompagnées d'un bel homme. Les chuchotements allaient bon train : « Mais, ce ne serait pas le Frédéric des Colombières... ? – Ce n'est pas possible qu'il soit revenu, depuis sa disparition... ! – Moi, je te dis que c'est lui et je m'en approcherai à la sortie, pour être sûre. – Ce serait la meilleure surprise de la journée... – Je suis certaine de l'avoir aperçu il n'y a pas longtemps dans les rues, mais jamais je n'aurais pensé à lui... »

Frédéric réapparut, en effet, ce 24 décembre à l'approche de minuit, alors que l'on disposait dans la crèche l'enfant Jésus.

Lorsque le traditionnel cantique retentit : « Il est né le divin enfant, chantons tous son avènement ! » l'émotion submergea le trio.

– Je pense à Mamatie, glissa Lysiane à l'oreille de sa mère. Elle doit être heureuse ce soir...

Geneviève lui prit discrètement la main et la serra très fort.

À la sortie de la messe, une personne s'enhardit et s'approcha de Frédéric :

– Excusez-moi, monsieur, ne seriez-vous pas Frédéric des Colombières par hasard ?

Il lui sourit, car il l'avait reconnue, et, tranquillement :

– Je suis bien Frédéric, comme toi tu es Françoise qui voulait toujours danser avec moi...

– Ben ça alors, tu es revenu ?

Geneviève l'intercepta, lui évitant ainsi toute discussion superflue. Un peu plus loin :

– Demain, tout le bourg saura, dit-elle en riant. Mais à partir d'aujourd'hui, tu ne danseras qu'avec moi, jure-le.

– C'est juré !

Les deux femmes de sa vie le prirent chacune par un bras, et tous les trois marchèrent un peu.

– J'ai faim ! annonça Lysiane.

Un léger repas, plutôt un casse-croûte, avait été préparé chez Geneviève.

– Comme autrefois lorsque nous revenions de la messe de Noël, dit Frédéric. Nous avions droit au vin chaud, à quelques charcuteries, du fromage et un gâteau maison. Parfois on ne nous attendait pas, mais les retours étaient merveilleux quand nous avions le bonheur d'avoir la neige.

– J'aimerais bien un vin chaud moi aussi, dit Lysiane avec un air pincé de petite fille privée de dessert.

25 décembre au matin. Branle-bas de combat dans les fourneaux de Chèvrefeuilles.

Nathalie, Geneviève et Lysiane avaient pris la direction des opérations sous le regard de Delphine, inquiète tout de même de se voir envahie de la sorte. Déjà, dans le four de la grosse cuisinière noire, l'énorme dinde subissait les premiers arrosages brûlants.

La veille, deux superbes bûches au beurre avaient été préparées et attendaient quelque part, au secret et au frais. Serge, qui avait terminé les soins aux bêtes, avait été embauché à l'assemblage de deux tables pour recevoir les invités. Ils ne seraient pas moins de quatorze pour le dessert. Ça ressemblait à la préparation d'un repas de noces.

Marcel avait invité Frédéric à l'accompagner dans sa cave, bien exiguë, mais recelant quelques bonnes bouteilles.

– C'est ici que je cache « le vin vieux ». Choisis ce que tu veux, tu t'y connais mieux que moi, n'est-ce pas ? Il y a quelques bordeaux par là, et on n'a guère l'occasion d'en profiter ! Prends-en trois, c'est Noël ! Autrefois, il y avait souvent du monde à la maison, mais aujourd'hui, je reste fâché avec la politique, elle m'a fait trop de mal. En réalité, je n'étais pas fait pour ce monde-là, ou je n'ai pas su m'y adapter.

Frédéric avait compris.

– Toi, tu as bien réussi à Paris, ajouta Granevas.

– En travaillant du matin au soir et même la nuit, on peut s'en tirer, même si le principal n'est pas toujours de réussir dans les affaires.

– Ça compte quand même !

Revenu dans la cuisine, Frédéric ne put retenir un :

– Quel parfum délicieux !

Geneviève arrosait la dinde – farcie et précuite la veille dans un bouillon de légumes – de son jus et l'animal doré et croustillant semblait se prêter à la chose. Les marrons attendaient dans une cocotte.

Delphine prit Lysiane par le bras et la précéda vers l'étage, dans l'appartement de Mamatie.

– Je sais que tu aimais Mamatie, et comme tu n'es jamais revenue ici, je te l'ai préparée.

Dans la cheminée près de laquelle elles avaient passé tant de bons moments, quelques bûches se consumaient, et la douce chaleur du feu avait envahi la pièce comme si la vie y était revenue. Tout était comme avant, bien rangé, chaque chose à sa place avec, derrière les vitres de la fenêtre, ces rideaux immobiles de dentelle blanche.

– Grand-mère, mais pourquoi as-tu allumé la cheminée, quelqu'un va habiter ici ?

– C'est pour toi, uniquement pour toi. Même ta chambre est prête, regarde !

Delphine, d'un geste inhabituel, prit sa petite-fille par les épaules et la conduisit doucement vers ce qui était sa chambre.

– Quand on est jeune comme toi, on craint le vide de la disparition de ceux que l'on aimait. On n'ose pas revenir sur les lieux, voilà pourquoi il fallait que tu reviennes, avec moi qui suis vieille maintenant et endurcie par la vie. Tout ce qui est là est à toi, ses meubles, son fauteuil, sa petite commode, ta petite chambre où tu étais la reine lorsque tu venais. Mamatie me le disait : Cette petite est une reine ici. Reste un moment, je te prie, elle sait que tu es là ; je vous laisse, c'est mon cadeau de Noël.

Incapable de répondre, Lysiane demeurait paralysée. Puis, peu à peu, elle contempla l'ensemble, doucement, au rythme de son souffle. « Il ne faut pas que je pleure, il ne faut pas puisque Mamatie me regarde ! » Elle se mit à chuchoter, puis à lui parler. Elle s'assit sur le lit de la petite chambre, caressa un cadre où brillait à travers le verre une photo où elle devait avoir huit ans.

Mais il était temps de revenir vers les autres, toujours étonnée de la démarche de sa grand-mère.

En bas, Delphine lui glissa à l'oreille :

– Tu peux dormir là-haut quand bon te semble, même ce soir si ça te fait plaisir...

Lysiane acquiesça d'un mouvement de tête, prudente.

– Plus tôt tu le feras, mieux ce sera pour toi, écoute ta grand-mère !

Tous se retrouvèrent bientôt plantés là, n'osant prendre place autour de la grande table.

Delphine Granevas prit alors l'initiative de placer les convives. Geneviève pria ensuite sa mère de s'asseoir, et avec Nathalie elles servirent un vin pétillant parfumé.

En ce jour particulier, quelque chose d'important se déroulait.

Granevas se leva, et chacun se tut.

Et cet homme, dont on pensait depuis longtemps que la sensibilité lui était étrangère, fut saisi d'émotion. Ses lèvres tremblèrent et, se voyant incapable de prononcer le discours qu'il avait préparé, il leva son verre et articula simplement :

– Joyeux Noël à vous tous !

Tous vinrent à son secours en l'applaudissant généreusement.

Quant à Frédéric, le nouvel homme de la famille, il mesurait pour la première fois le bonheur qui lui avait manqué. Et offert par ceux qui l'avaient chassé un jour. Que penser d'un tel retournement de la vie ? Il occupait une place et, à sa droite, l'autre place attendait, que Geneviève n'avait pas le temps d'occuper tant le service l'en empêchait. Mais lorsque les divers pâtés et terrines furent servis, elle vint s'asseoir, tout près, et en cet instant, quand leurs cuisses se frôlèrent, il sut que désormais sa vie avait basculé du bon côté.

Non loin de lui, Serge lui parlait de la ferme, des saisons, des récoltes et de ses projets d'avenir, car ses deux fils ne choisiraient peut-être pas de lui succéder, une situation que connaissait bien le monde paysan.

Lorsque la dinde aux marrons arriva sur la table, les applaudissements éclatèrent et une pluie de compliments pour les cuisinières.

– Serge et Frédéric, servez le vin, on ne doit pas avoir soif aujourd'hui !

Cet « aujourd'hui » voulait donc marquer la fin d'une époque, d'un déchirement ? Mais dans la pensée de chacun traînaient encore de vieilles ombres, des amertumes têtues. Geneviève elle-même aurait voulu dire que… mais la maladresse n'était pas de mise, et elle se tut.

– Comment une telle dinde peut-elle avoir une chair aussi moelleuse ? s'écria Lysiane. Elles sont sèches d'habitude.

– C'est le secret de Geneviève, annonça Delphine sans en révéler davantage.

Lorsque la salade arriva, les yeux s'écarquillèrent.

– Il y en a encore aujourd'hui ? demanda Frédéric. Comment se fait-il qu'elle n'ait pas gelé ?

– Nous l'avons protégée de notre mieux, il fallait une salade originale !

Il s'agissait « du mourelou » ou « montia des fontaines », du mouron aquatique, une plante bisannuelle vivant dans les fontaines, comme certains cressons, dans les sources ou à proximité des eaux fraîches et pures.

– Il y a bien longtemps que je n'ai vu pareille salade, c'est un délice, s'émerveillait Frédéric.

Les fromages de Cantal et le bleu d'Auvergne suivirent, habitués des tables cantaliennes.

Le temps passait, et bientôt l'heure du dessert arriva.

– Kevin et Alban, dit Serge, allez prévenir les voisins, ça vous donnera l'occasion de prendre l'air !

Ils ne se firent pas prier.

Les femmes mirent de l'ordre sur la table, et installèrent les couverts à dessert. Il faisait bon dans cette maison où même le feu de cheminée avait pris le parti du grand calme. Frédéric repérait les détails oubliés, ou des modifications.

– La maison n'a pas trop changé ? lui demanda Granevas qui suivait son regard.

– Ce qui a beaucoup changé, c'est qu'elle est pleine de monde.

Les Louvière entrèrent, tous les six. Marie portait à bout de bras un énorme gâteau qu'elle offrit à Delphine, et Anselme glissa discrètement une bouteille enveloppée de papier journal à Marcel Granevas. Quant aux jeunes Marge, ils essayaient de maîtriser leurs petits, surtout l'aîné qui ne voulait pas se séparer de son beau tracteur rouge reçu du Père Noël.

On rapprocha les Granevas des Louvière, qui trouvèrent bien vite le chemin des conversations. Marie Louvière rayonnait, elle ne put taire sa joie d'avoir été invitée et de revoir son Frédéric ici.

Au secret de son cœur, c'était bien plus encore qu'elle ne pouvait exprimer.

Bûche au café, bûche au chocolat, et l'énorme gâteau des Louvière, les desserts trônaient au milieu de la table.

– C'est bien trop ! dit une voix.

– Laissez-nous faire, répondirent les jeunes Kevin et Alban, ça ne nous fait pas peur !

Geneviève et Frédéric se frôlaient, dans le joyeux vacarme. De temps à autre, ils se cherchaient des yeux, et se souriaient.

On apporta le café, le pousse-café, et la goutte pour les plus résistants, dans un désordre de décibels où chacun trouvait son interlocuteur. Les sujets se mêlaient, les rires s'échappaient, quelques jurons ravivaient le patois du pays, les cris du conducteur de tracteur rouge voulant écraser le chien couvraient ceux de son petit frère qui commençait à pleurnicher.

Chèvrefeuilles revivait.

De temps à autre, Delphine glissait à Lysiane, discrètement :

– Peut-être faudrait-il remettre une bûche, là-haut...

Lysiane montait, nourrissait le feu, et revenait avec un sourire pour sa grand-mère.

Comme dans toutes les fermes, la traite du soir s'imposait. André Marge et Serge Granevas s'éclipsèrent, chacun de son côté.

Frédéric accompagna Serge vers l'étable.

– Comme tout a changé ici, dit le Parisien. C'est la traite mécanique aujourd'hui.

– Avec le nombre de bêtes, je ne m'en sortirais pas autrement.

Frédéric retrouvait ces remugles oubliés, cette chaleur animale omniprésente, ce confinement propre aux périodes hivernales.

Geneviève et Lysiane les interrompirent.

– Les Louvière désirent partir, tu pourrais venir un instant, Frédéric ?

Il salua Serge.

– Très heureux de t'avoir retrouvé, l'avenir nous laissera plus de temps…

Il suivit les deux femmes. Sur la courte distance qui les séparait de la maison, Lysiane se tourna vers Geneviève.

– Grand-mère voudrait que je dorme chez Mamatie, elle a veillé sur le feu toute la journée. Elle m'y a conduite dès mon arrivée, et m'a expliqué bien des choses. Hier, j'aurais dit non, mais après cette journée ici, j'ai beaucoup pensé à Mamatie. Vous m'en voudriez si je vous laissais seuls ce soir ?

Frédéric fit la moue.

– Eh bien, on se fera une raison.

– Et peut-être que nous serons très bien tous les deux ? ajouta Geneviève qui claqua sur le front de sa fille un baiser sonore.

À Chèvrefeuilles, la maison se vidait petit à petit. On rangea les tables, les bancs et les chaises et, en fin de soirée, il ne restait plus que trois personnes dans la grande pièce.

– Nous gardons Lysiane avec nous ce soir, dit Delphine à son mari qui s'étonnait de la voir rester. Elle dormira là-haut, c'est bien chaud, et c'est chez elle maintenant.

Granevas acquiesça du chef, il semblait vouloir admettre que certaines choses lui échappent. Puis il dit à la jeune fille :

– Le blé est bien sorti dans ta terre, près de la grange, c'est vraiment une bonne terre.

– Je te souhaite une bonne récolte, grand-père. Encore une fois…

– Une bonne récolte, comme tu dis, oui, mais une bonne récolte se fait sur sa terre.

– C'est une terre de la famille, répondit-elle en souriant.

– Pour le moment, on peut dire ça.

Dans la chambre de Mamatie, Lysiane s'assit tout d'abord dans le fauteuil de l'aïeule et, comme elle, revisitait tout ce qu'il y avait à observer de sa place, son univers visuel.

La bonne température de la pièce lui procurait un bien-être inattendu et la rassurait, elle qui n'aurait pu imaginer passer une nuit ici, dans ce silence qui tout à coup se mit à lui rappeler mille souvenirs.

Elle regardait le feu qui, doucement, grignotait les bûches de ses flammes dansantes.

Soudain Lysiane sursauta, émergeant de son envoûtement.

– Mais je ne suis pas Mamatie ! Je ne suis pas vieille, seulement la continuité de Mamatie, comme les fleurs des pommiers à chaque printemps assurent la survie de l'espèce. Sans doute, un jour, je laisserai à mon tour…

Et un visage apparut, celui de Bernard. Elle sourit. Elle pensa à son amie Florence Forest, elle aura bien des choses à raconter à cette Bretonne ignorante même de l'existence de l'Auvergne ! « Je suis bien chez toi, Mamatie, il fait si bon que les souvenirs viennent frapper à mon âme, tout autour de moi. Je vais rejoindre mon lit douillet ; tu sais que j'aime tes draps un peu rêches, l'édredon qui fait le gros ventre et le dessus de lit en dentelle blanche comme les rideaux, là, à tes fenêtres ? Je suis heureuse de te tenir compagnie ce soir. Tu ne seras pas seule pour ce 25 décembre ! »

22

Lysiane et Frédéric laissaient derrière eux la terre auvergnate, kilomètre après kilomètre.

Ils se taisaient encore, laissant au silence le soin de calmer le souvenir de ces trois journées, bien courtes certes, mais si riches.

Dès qu'ils atteignirent les terres du Puy-de-Dôme, il leur sembla que le plus dur était passé.

– C'est toujours l'Auvergne, mais ce n'est plus notre Cantal, remarqua Lysiane.

Frédéric soupira pour toute réponse. Les yeux rivés sur le tracé de la route, se parlait-il à lui-même ? À quelqu'un peut-être ?

Le temps n'avait pas été mauvais mais les nuits de décembre tombaient vite dans les campagnes. À Paris, on s'en apercevait moins.

– À Boisset, dans peu de temps, tout sera désert, les rues, les places… J'aime les lampadaires, quand j'étais enfant je croyais que c'étaient des gardiens, et qu'ils veillaient sur les portes cochères, sur les maisons, sur les passages sombres. Même la nuit notre village est beau, tu ne trouves pas, papa ?

– Si, je l'aime. Mais tu es nostalgique, et moi aussi. Il s'est passé tellement de choses, pendant ces trois jours !

– Et vous avez retrouvé votre place, tous les deux.

– Oui, une réhabilitation. Parfois je m'arrête de respirer pour vérifier que je suis bien en vie. Ne te moque pas de ton père, je te prie…

Elle éclata de rire.

– Quant à maman, ma petite mère, je ne l'ai jamais vue comme ça.

– Une valse, souviens-toi, une valse inoubliable. Et voilà qu'aujourd'hui, nous parlons de mariage, de retour, la vie cul par-dessus tête !

– Maman m'a parlé d'une boutique à vendre à Aurillac, je connais bien la rue où elle se trouve. Elle m'a laissé les cordonnées du propriétaire, je vais me renseigner, qui tente rien n'a rien.

– Le moment venu, tu trouveras ce qu'il te faut. Mais quel genre de vêtements veux-tu vendre ?

– La boutique dont j'ai la responsabilité me servira de modèle, je veux toujours créer ma griffe !

– Serais-tu aussi têtue que moi ?

– Je le crains, mon cher père, et depuis que je porte ton nom, j'ai une idée, une idée folle…

– Ne me fais pas languir…

– « Sainturbain » sera une partie du nom, c'est trop beau, qu'en penses-tu ?

Frédéric faillit s'étrangler.

– Lysiane Sainturbain, Lysiane Sainturbain, répétait-elle en boucle, pour en tester l'écho.

– J'ai une autre idée, intervint Frédéric qui se prenait au jeu. Oui, oui, c'est ça.

Lysiane piaffait.

– Lys de Sainturbain !

Lysiane se cacha le visage dans ses mains, émue jusqu'aux larmes. Lys, comme l'appelait Mamatie, elle n'y avait pas songé.

– Merveilleux, s'écria-t-elle. La voilà ma griffe ! Lys de Sainturbain ! Et de plus, je trouve la particule bienvenue. Merci mon cher papa, tu es merveilleux, parfois !

– Parfois ? Qu'est-ce que c'est que cette restriction ?

Et ils hurlèrent de rire.

– Personne ne sait encore que je m'appelle Sainturbain. Les papiers… n'en finissent pas.

– Si on s'arrêtait ? On ne devrait pas tarder à repérer une aire de repos, qu'en dis-tu ?

– Comme tu voudras.

Ils n'avaient pas eu le temps de beaucoup se parler, et ça manquait à Frédéric.

Sur l'aire de l'autoroute ils s'installèrent et commandèrent des boissons.

– Vous cherchez toujours une affaire de restauration dans le Cantal ?

– Oui, je suis décidé à vivre ma vie comme je l'entends, et avec ta mère nous y arriverons. Paris m'a permis de me constituer un capital que je vais investir chez nous.

– Vous êtes bien sûrs, tous les deux, que Paris…

– Nous avions à choisir : le bonheur ici ou les affaires à Paris. Elle n'aime pas Paris et moi j'aime ta mère. J'ai mis en vente l'Assiette Auvergnate, Premier en gérance, c'est tout simple. Je me sens des ailes pour réaliser je ne sais pas quoi encore, mais ça viendra. Et puis, je n'oublie pas ma promesse de t'aider à monter ton affaire, mais ce sera ton affaire et non la mienne.

– J'aime ma liberté. Je connais fort bien la pression des banques, on ne peut pas s'en priver, c'est bien ce qui me gêne le plus.

– Si tu le permets, et en quelques mots, je vais t'expliquer comment j'ai commencé, et avec l'aide des banques comment j'ai pu continuer…

La conversation se prolongea alors que la voiture atteignait la région parisienne.

Un grand silence fit croire à Frédéric que Lysiane dormait. Soudain :

– Si vous m'aidez pour l'achat de ma boutique, je vous rembourserai immédiatement…

– Vous êtes donc si riche, ma chère Lys de Sainturbain ?

– Cher monsieur Sainturbain, vous ne savez pas tout ! J'ai un secret depuis le décès de Mamatie. Sachez, Monsieur mon Père, que certaines femmes, surtout des Auvergnates que l'on soupçonne de pingrerie, sont aussi cachottières et savent garder les secrets.

– Aurais-tu hérité d'un trésor ?

– Oui, mon cher papa. La grange au foin et la belle terre autour.

– La grange au foin ? Ta mère ne m'en a pas dit un mot. C'est bien vrai ?

– Mamatie me l'a transmise en héritage, à ma grande surprise et surtout à celle de mon grand-père et de bien d'autres. Cette grange avait un secret, un bout de grenier toujours garni de foin, où autrefois dormait un couple de vagabonds que Mamatie abritait. Depuis, elle l'avait appelée la grange au foin. Comme je ne saurais pas quoi en faire et que j'ai besoin d'un commerce, je pense que tu trouveras une solution ?

Frédéric demeurait pantois. La grange au foin, se répétait-il, la grange au foin…

– Je ne sais quoi te dire, ma chère Lysiane. Tu es encore plus forte que je ne pensais, bravo ! Un jour peut-être, tu me raconteras comment tu as hérité de cette grange ?

Ils entraient dans Paris. Il aida Lysiane à débarquer ses provisions, puis se séparèrent en s'embrassant tendrement.

Malgré la fatigue du voyage, Frédéric ne trouvait pas le sommeil, la tête pleine de ces trois jours qui lui avaient fait sentir combien sa vie avait été bouleversée.

Lui, l'homme sans famille, chassé de son nid comme un malpropre, se retrouvait accepté, respecté, et aimé. Dans peu de jours, tout Boisset-le-Château saurait que Frédéric Sainturbain, le gars de l'Assistance, était revenu et que, de plus, il allait convoler en justes noces avec Geneviève, la veuve Loupiac, son premier amour.

Ses amis reviendraient probablement vers lui, le canevas du passé se détricoterait jusqu'à ses dix-huit ans.

Et voilà que Lysiane lui cédait la grange au foin contre son aide financière. « Cette fille ne se laisse pas acheter, quel caractère ! »

Quant à l'attitude des Granevas, elle lui demeurait pour le moins mystérieuse. Pas un mot sur le passé, pas la moindre excuse non plus, tant de Marcel que de Serge. L'attention de Delphine envers Lysiane avait aussi de quoi l'intriguer. Certes, il croyait aux miracles, mais…

Le réveil marquait cinq heures, et Frédéric s'endormit enfin.

À Boisset-le-Château, en cette fin 1984, la nouvelle s'était répandue. Geneviève devait répondre bon gré mal gré à ses clientes, peu discrètes parfois, tellement habituées à la vie tranquille de l'épicière. « Comment vous êtes-vous retrouvés ? Que fait cet homme à Paris ? Qu'allez-vous faire plus tard ? » Les questions doublaient le temps de travail. Mais elle avait opté pour la vérité.

– Nous allons nous marier et Frédéric va reprendre ou créer une affaire près d'ici !

La grange, aussi belle soit-elle, ne correspondait plus aux besoins agricoles, aux engins encombrants et lourds comme les tracteurs. Quant au foin, il demeurait à l'extérieur, bottelé et habillé de plastique. La bâtisse ne servait plus qu'à stocker la paille et quelques vieux engins. La partie étable, en parfait état, servait de dépôt à un vieux matériel dont personne ne voulait, mais dont on ne se séparait jamais, au cas où…

– Que vas-tu faire de cette grange ? questionna Geneviève, au téléphone.

– J'y pense tous les jours, Lysiane a eu une formidable idée de me la proposer. J'ai plein d'idées et cette grange a tant d'importance pour moi, pour nous… Dépêchons-nous de vivre avant que la vieillesse nous gagne ! J'ai besoin de toi, mon amour !

De tels mots ne pouvaient que submerger son cœur.

À Paris, n'y tenant plus, Frédéric rencontra Lysiane et lui expliqua son projet concernant la grange.

– Si tu n'y vois pas d'inconvénient, je voudrais t'acheter la terre des Colombières. Tu auras ainsi de la trésorerie disponible pour tes projets, sans compter que je serai toujours ton argentier en cas de besoin. Qu'en pense Lys de Sainturbain ?

Elle le regardait, pour maintenir le suspense, et lui sourit tout à coup, la main tendue.

– Topez là mon cher monsieur. Je suis d'accord parce que tu sauras quoi en faire, et aussi parce que c'est toi qui me le demandes. Depuis ce merveilleux Noël, tout a basculé dans notre vie, et je prie pour que rien ne change désormais. Tu vas devenir propriétaire aux Colombières. Tu te rends compte ?

– Je ne sais pas. J'ai une adorable fille qui me tutoie de temps à autre, et une femme que j'aime, me voilà comblé. Quant au reste…

Il la prit dans ses bras, la serra à l'étouffer.

Et le temps se mit à couler de plus en plus vite.

Geneviève annonça à ses parents que Lysiane céderait la grange à Frédéric. Il n'y eut pas de mauvaise réaction, Marcel Granevas dit simplement :

– C'est ce qui pouvait arriver de mieux, ça reste dans la famille. Vous voulez devenir paysans ? ajouta-t-il en souriant, convaincu du contraire.

Geneviève ouvrit les mains, s'en remettant au destin.

Lysiane et Frédéric tombèrent d'accord sur un prix, et l'affaire fut conclue dans une entente parfaite. Il faut dire que la générosité de l'acheteur ne fit pas défaut.

Le nouveau propriétaire demanda un relevé cadastral, fit relever les plans de construction et métrer méticuleusement l'ensemble avec photos à l'appui.

À Paris, la vente de l'Assiette Auvergnate prenait du retard, le premier acquéreur s'étant désisté, les banques ne l'avaient pas suivi. Dans la tête de Frédéric, jour après jour, pierre après pierre, le projet se précisait.

Un soir, penché sur ses plans, assommé de travail, de doutes aussi, il fut tout à coup traversé par un éclair de bonheur.

23

– On pourrait fixer la date du mariage, non ? En mai, début mai ?

– La tradition veut que l'on ne se marie pas en mai, à moins que tu le veuilles absolument…

– Excuse-moi mais, en matière de mariage, je suis totalement ignorant. D'accord pour le respect des traditions. Je te propose le dernier samedi d'avril, le 28 ?

– Ce serait parfait, répondit-elle. Une simple cérémonie dans l'intimité. Les témoins…

– Ta famille, et je souhaiterais inviter les Louvière.

– Qui seront les témoins ? J'aimerais que Lysiane et…

– Et pourquoi pas son ami Bernard, un si gentil garçon d'après ce que l'on dit… à condition qu'elle soit d'accord !

– Comment le sais-tu ? Petit cachottier !

Seul le téléphone fut témoin de cette conversation.

Lors d'un rapide aller et retour Paris-Boisset-le-Château, début mars, Frédéric déroula les plans de son projet devant les yeux ébahis de Geneviève.

– Mais… Comment ?… C'est magnifique, je reconnais à peine la grange.

– L'architecte a proposé quelques modifications nécessaires, juste ce qu'il faut pour…

– Ce n'est pas de la folie ?

– C'est de la folie, je te l'accorde, mais c'est mon cadeau de mariage. Pour toi. Il nous fallait un toit, une maison, quelque chose à nous. Mais tu n'as encore rien vu, regarde le deuxième plan.

Elle eut ce geste que la surprise provoque et posa la main sur ses lèvres, ébahie. Sans un mot, elle suivait les détails que lui suggérait l'index de Frédéric.

– Pour commencer, chambres d'hôtes, et plus tard peut-être restauration de terroir au sous-sol.

Geneviève, bouleversée par l'importance du projet, retenait son souffle. Elle voulait lui dire, oui, elle voulait mais les mots ne sortaient pas.

– « LA GRANGE AU FOIN » comme tu peux le voir, est inscrit ici. Il y a des modifications à apporter encore, mais je compte sur toi pour l'améliorer à ta manière.

– Que te dire ? Je suis… je suis…

Il la prit dans ses bras en riant, et la fit tourner, sur la musique que chantait sa joie.

– Une femme sait mieux qu'un homme comment faire vivre une maison, disposer des pièces, accommoder les accès, la rendre confortable et féminine, car c'est toi qui géreras La grange au foin ! Je voudrais un grand jardin avec des arbres, il y a assez de terre pour tout. Plus haut, je planterai une châtaigneraie car j'adore cet arbre et je conserverai une petite parcelle pour semer et récolter du sarrasin.

Geneviève ouvrait de grands yeux.

– Lysiane a vu ce projet ?

– Tu le lui demanderas, dit-il en souriant. Bon, on pourrait peut-être aller visiter notre château, qu'en dis-tu ?

Aux Colombières, la grange semblait les attendre. L'herbe haute gardait sa porte. Sous le pâle soleil de mars, le granit bleu de l'imposante bâtisse brillait.

– C'est du solide, dit Frédéric en caressant l'encadrement en pierres taillées de la porte, l'immense porte par où entraient autrefois les attelages complets, avec le char à foin. Nous aurons de l'espace !

Geneviève se sentait un peu perdue, elle n'avait pas l'imagination qu'ont certains pour projeter et visualiser le but à atteindre. Frédéric s'en chargeait, enthousiaste, vivant déjà les grands changements qui feraient de cette bâtisse désertée, une demeure avec des chambres d'hôtes, et plus tard un restaurant.

Ils entrèrent sans difficulté, et découvrirent un vaste espace peu encombré. Un empilement de bottes de pailles au fond, et pas le moindre foin.

Au-dessus de la réserve de paille, existait toujours un petit espace en mezzanine.

– Tu te souviens, mon amour ? chuchota-t-il.

Elle le saisit et l'embrassa de toute sa passion retrouvée. Comment ne se souviendrait-elle pas de ces moments merveilleux vécus là-haut, dans ce bout de grenier suspendu ?

Frédéric chercha désespérément une échelle qu'il trouva enfin au sous-sol.

– Tu veux vraiment grimper là-haut ? On risque de se briser les os, l'échelle est vermoulue.

– Viens, lui dit-il, essayons.

Avec précaution, ils atteignirent enfin le vieux plancher recouvert de poussière et d'herbes sèches, où des papillons étaient venus mourir, les ailes détachées par les courants d'air.

– Tu te souviens-tu de ces centaines de papillons qui venaient mourir ici ? Ça continue, regarde !

– Le mystère demeure…

Ils s'approchèrent de l'œil-de-bœuf, et se rappelèrent la surveillance qu'ils assuraient d'ici afin de préserver leur bonheur.

– Tout est là, dit Frédéric, il ne manque que le foin…

– Il ne nous manque que le foin, répéta Geneviève, rêveuse. Notre paradis, on ne s'est pas aimés ailleurs qu'ici. Il a fallu qu'un jour Serge nous surprenne.

– Je conserverai cette ouverture, et nous aménagerons quelque chose ici, je ne sais pas encore…

Après ce « pèlerinage », et débattant des travaux futurs, ils revinrent vers le bourg.

– Ce sera magnifique, mais comment vas-tu pouvoir assumer tous ces travaux ?

– Fais-moi confiance, nous y arriverons, je te l'ai promis !

– Et cette parcelle de sarrasin dont tu m'as parlé ? Tu m'as bien dit que…

– La petite châtaigneraie et le sarrasin… Oui, j'aimerais, parce que Marie Louvière faisait des galettes de blé noir, des bourriols, précisément. Mais pour ça il faut absolument cette farine, et c'est une culture qui ne se pratique presque plus. Et dans mes recettes du terroir, j'aimerais en proposer. Je pense aussi au mourelou, mais il faudrait une source ou une fontaine, nous verrons plus tard.

– Tu sais préparer les bourriols, toi ?

– Oui, la recette n'est pas compliquée. J'avais tenté d'en préparer à l'Assiette Auvergnate mais peu de clients en demandaient. À un détail près, voici la recette :

« Délayer 10 grammes de levure de boulanger dans deux ou trois cuillerées d'eau ou de lait tiède. Préparer 500 grammes de farine de blé noir – le sarrasin – dans un récipient de préférence en grès, délayer dans trois quarts d'eau et un quart de lait, une poignée de sel, ajouter la levure délayée et mélanger jusqu'à obtenir une pâte à crêpe. Laisser lever près d'une source de chaleur, la cheminée ou la cuisinière pendant deux heures au moins. Se munir d'une “tuile” en fonte, une grande poêle à bords minces, commencer à la chauffer, la graisser avec une couenne de lard. Sur une flamme vive, dès que la poêle est bien chaude, verser une louche de pâte, bien l'étaler régulièrement. La retourner dès qu'un côté est cuit avec la large spatule de bois. Et voilà. Votre bourriol est prêt à consommer, soit chaud tartiné de confiture ou de crème, soit froid à la place du pain. »

– Je m'en souviens, Mamatie les préparait, elle nous faisait aussi des crêpes à la farine de châtaignes.

– Les châtaignes, le « poulet des pauvres » ! Mais tout ça a disparu. Peu de gens ont transmis. Je voudrais relancer ces traditions, et peut-être inventer la fête du sarrasin, qui sait ? Semailles en mai, récolte début octobre.

– Tu vas révolutionner le pays, mon pauvre Frédéric…

– En attendant nous allons nous marier, n'est-ce pas ? Tu es toujours d'accord ?

Et ils riaient comme les adolescents qu'ils avaient été, et qui s'étaient aimés dans le foin, complices de la haute lumière d'un œil de bœuf.

Frédéric dut repartir vers ce Paris qui ne pouvait encore se passer de lui. La transaction commerciale traînait en longueur concernant l'Assiette. Pour Premier, en revanche, tout se réglerait sans tarder. Gérard Gardèche avait donné un accord timide et encore hésitant pour la gérance, mais il était confiant.

Lysiane se préparait elle aussi à lancer son projet, mais l'information donnée par sa mère n'aboutit pas. Il faudrait attendre qu'une nouvelle opportunité se présente.

Toutes deux parlaient toilettes, pour un certain mariage d'avril.

24

Tout semblait en ordre dans la tête des uns et des autres. Mais le monde administratif charrie une telle lourdeur que l'agacement s'installe. L'acte de propriété de Lysiane avec son nouveau nom tardait à venir. Celui de la vente à son père aussi, tant et si bien que la demande de permis de construire fut déposée accompagnée d'une promesse de vente notariée. Une méthode qui facilitait les démarches.

Le curé de la paroisse avait donné sa réponse positive pour le 28 avril, à quinze heures trente, et le maire une heure plus tôt.

À Paris, quelques désagréments contrarièrent Frédéric dans la négociation de ses affaires. La sagesse lui conseillait d'en conserver une sur les deux, et de cela il était conscient, mais laquelle ? Il dut changer son fusil d'épaule. Un acquéreur fort généreux s'était manifesté pour Premier, tout en conservant le personnel. Il saurait donc rassurer Gérard Gardèche. La vente de cette affaire lui donnerait une trésorerie équivalente, alors que pour l'Assiette, des crédits couraient encore. La promesse de vente fut signée dans les premiers jours d'avril.

Geneviève savait que son mari aurait l'obligation de partager pendant quelque temps sa vie de jeune marié entre Paris et l'Auvergne. L'appartement au-dessus de l'Assiette Auvergnate permettrait à Geneviève de venir passer quelques jours à Paris et de se sentir chez elle.

La date du mariage approchait à grands pas. Geneviève dut chercher et trouver une remplaçante pour une semaine.

Sa mère lui rendait maintenant visite, de temps en temps.

– Vous allez vivre ici ? C'st un peu juste pour un couple ?

– Ça ne durera que le temps d'aménagement de la grange, il faudra patienter.

– Cette grange, tout de même… Je n'arrive pas à imaginer qu'elle puisse devenir une habitation. Mais je suis heureuse de penser qu'un jour tu habiteras près de chez moi. Enfin, de nous autres.

Le samedi 28 avril pointa une aube claire. Au cours des heures, l'émotion gagna les cœurs.

Le rassemblement avait eu lieu à la mairie de Boisset-le-Château. Les futurs mariés étaient arrivés avec les invités.

Geneviève, dans un tailleur écru, quelques fleurs dans les cheveux, hésitait au milieu des gens, tandis que Frédéric, plus ému que prévu, tentait de se montrer à la hauteur de l'événement. Il portait un costume sombre, et un nœud papillon sur une chemise de satin.

Lysiane, flanquée de Bernard, dans un beau costume bleu marine, resplendissait dans une robe couleur jonquille.

Monsieur le Maire les accueillit chaleureusement, et les félicita pour cette future installation au pays. Les deux témoins, Lysiane et Bernard, entendirent les deux « oui », puis signèrent les registres.

Pour Frédéric, le cortège allant de la mairie à l'église, dans son village retrouvé, revêtait la plus belle signification qui soit. Geneviève, au bras de son père, marchait la première, comme la tradition l'exige. Quant à Frédéric, il fermait la marche, au bras de Marie Louvière, qui serrait son bras avec beaucoup d'émotion et de fierté.

Soudain, Frédéric leva les yeux vers le ciel d'un bleu profond, et son visage ruissela de larmes.

L'église, toutes portes ouvertes, attendait.

Il rejoignit Geneviève près de l'autel. Proche d'eux, Bernard dévorait Lysiane des yeux, ce qui n'échappait pas à Frédéric.

Après l'échange des serments et des anneaux, le curé se lança dans un discours plein de fougue, qui fit sourire la petite assemblée.

À la sortie de l'église, les cloches se mirent à carillonner à toute volée. Et au grand étonnement des mariés, ils furent applaudis et embrassés par des gens qui s'empressaient de leur souhaiter bonheur et prospérité.

Marie Louvière se rapprocha des parents Granevas, et ne put se retenir :

– Ils ont toujours fait un très beau couple, vous ne croyez pas ?

– Il était bien temps, répondit Delphine, paniquée par sa propre émotion.

Marcel Granevas, qui avait ressorti le « costume pour cérémonie », acquiesçait du chef.

M. Sainturbain retrouva quelques amis d'enfance, presque intimidés de se retrouver là, mais promettant de se revoir prochainement.

Il avait été convenu que dès la messe terminée, tous rejoindraient l'Auberge de Concasty pour le vin d'honneur et le dîner.

Les quelques voitures emportèrent ceux qui n'en avaient pas et la place de l'église retrouva son calme.

M. et Mme Sainturbain se dirigèrent discrètement vers le cimetière. Seul le soleil veillait les pierres tombales, les caveaux et les pauvres emplacements oubliés dans l'implacable silence des hauts murs. Ils rejoignirent la sépulture de Mamatie, et y déposèrent le bouquet de la mariée. La grande dame leur avait ouvert le chemin.

À l'Auberge de Concasty, décorée de dizaines de bouquets de fleurs, tout était prêt pour recevoir la noce. Le menu, choisi par les mariés et respecté à la lettre, attendait les convives.

Mariage Geneviève-Frédéric

o o o

FOIE DE CANARD DU PAYS

FILET DE SANDRE AU BEURRE BLANC

TOURNEDOS AUX MORILLES

La grange au foin

SALADE DE NOS JARDINS AVEC FROMAGE

TROU NORMAND...

PIÈCE MONTÉE : LA PYRAMIDE DES MARIÉS

CHAMPAGNE, BORDEAUX, VOUVRAY

CAFÉ, LIQUEURS

O O O

Sur une table, les cadeaux patientaient aussi, mais ne résistèrent pas à la curiosité de Geneviève. Exclamations de joie, bises échangées, remerciements. Touché par tous ces présents, ces gestes d'amitié, Frédéric dissimulait mal sa surprise.

Puis tous trinquèrent au bonheur à venir, et s'intéressèrent sérieusement aux assiettes.

Marcel Granevas demanda la parole, attitude que tous avaient pressentie, ou craint.

Delphine lui prit discrètement le bras, comme pour lui dire de se contrôler. Frédéric surtout attendait, et sa femme lui prit la main pour le rassurer. « Il n'y a plus rien à craindre, maintenant, j'en suis sûre ! »

Granevas, l'homme qui avait commis tant de fautes, se leva, prit une coupe de champagne. Chacun voyait son émotion grandir. Oui, il avait préparé un petit discours mais il l'avait oublié...

– Je voudrais que vous soyez heureux aux Colombières, comme vous le méritez ! Toi, ma fille, et toi Frédéric, mon cher gendre. De notre côté, avec Delphine, nous nous y emploierons de notre mieux !

Tonnerre d'applaudissements.

Dans le cœur de Frédéric, une paix nouvelle venait de s'installer. Le beau-père l'avait définitivement adopté. Il embrassa Geneviève qui n'attendait que ce geste. Il avait désormais une famille, sans compter les Louvière tout heureux d'être là.

Lysiane et Bernard avaient bien des choses à se dire et, pris dans l'ambiance, le charme leur tendait un piège dans lequel ils semblaient se laisser enfermer…

Vint l'heure de se séparer.

Le couple avait réservé pour la nuit à l'Auberge.

Il s'enfuit presque.

Le lendemain dimanche, le nouveau couple, uni devant Dieu et la République, fut invité aux Colombières pour déjeuner. La vie de tous les jours avait déjà repris ses habitudes, avec la charge des bêtes, éternelle aliénation chez les paysans.

Frédéric et Serge discutaient de son exploitation.

– Pour les travaux de la grange, je pourrai te donner un coup de main, j'ai ici assez de matériel, tu auras besoin d'amener l'eau, et ne te gêne pas pour creuser les tranchées, je te dois bien ça, et pour tant de choses aussi…

Frédéric appréciait chaque signe d'amitié.

– Je te remercie, Serge, ton aide sera la bienvenue, il y a tant à faire !

– Vous êtes courageux tous les deux, les Colombières vont avoir de nouveaux habitants, c'est inespéré !

Quant à Geneviève, elle s'était éclipsée un moment avec Lysiane vers la grange, la fameuse grange. On pouvait les voir faire de grands gestes, retraçant et imaginant les modifications à venir.

Puis Geneviève prit sa fille par le bras et lui dit :

– Faut pas trop se retarder, nous avons nos bagages à préparer, Paris nous attend !

– Tu me surprendras toujours, maman. Te voilà heureuse de partir pour Paris ?

– Tu oublies que ce sera notre voyage de noce. Mais nous serons chez nous, chez Frédéric. Dis-moi, ma chère Lysiane, avec Bernard, ton joli cavalier d'un jour, tout s'est bien passé ? demanda-t-elle avec dans son œil une étincelle d'humour.

– Trop curieuse, oui, tu es trop curieuse… Mais entre nous, je peux te le dire, c'est un jeune homme surprenant et même…

– J'ai compris, il aurait fallu être aveugle pour ne pas voir. Tu pourrais plus mal tomber !

– Je reste deux jours de plus ici, nous devons nous revoir.

– Ne gaspille pas une seule minute de ta vie, le bonheur est si fragile !

Complices, elles revenaient, le visage radieux.

En longeant une haie de chèvrefeuille, Lysiane aperçut un oisillon sûrement tombé d'un nid depuis peu, maladroit et craintif.

– Regarde ce petit oiseau, il ne vole pas encore, il faut essayer de le protéger des chats !

– Ne t'y trompe pas, il est plus agile que tu ne le crois, essaie de t'en approcher, tu vas voir.

L'oiseau voleta aussitôt pour s'éloigner des humains, et de petites envolées en petites envolées, il disparut dans quelque buisson protecteur.

– Tu avais raison, maman, je croyais que…

– Il y a longtemps, je me souviens d'un sauvetage de deux oisillons plus petits que celui-là. Nous devions avoir 14 ans, ton père et moi, pas davantage. Nous avons trouvé ces bestioles tombées du nid et en train de mourir. Lorsque Mamatie les a vues, elle nous a donné le moyen de les sauver. Sur ses conseils, nous les avons nourries au jaune d'œuf, patiemment, et ce n'était pas facile, crois-moi, de leur faire ingurgiter la nourriture. Nous les avons sauvées et lâchées un soir, avec de la peine et de la joie en même temps. Donner la liberté, c'est toujours excitant.

– Vous les avez revues ?

– Quelques jours plus tard, deux jeunes merles sont venus voleter autour de nous, ça ne pouvait être qu'eux. Les merles sont plutôt sauvages d'ordinaire.

– C'est une belle histoire, vous en avez vécu beaucoup d'autres, hein, maman ?

– Ton père et moi, c'est une si longue histoire ! Je te la raconterai un jour. Mais on nous attend, je crois.

Paris. Les Sainturbain avaient rejoint l'appartement au-dessus de l'Assiette Auvergnate. Geneviève le découvrait avec ravissement.

– Bienvenue chez toi, Geneviève, j'espère que tu ne seras pas trop à l'étroit, il n'y a ni jardin, ni champs, pas de nature autour, mais simplement trois fenêtres sur l'avenue.

– Ne te moque pas de moi, il n'y a pas de métro aux Colombières, et je crois que tu ne trouves pas les lieux déplaisants, petit Parigot !

– Nous allons profiter de Paris, car bientôt nous n'y habiterons plus. Nous aurons tant de travail, là-bas !

– Comment vas-tu t'y prendre ?

– J'ai mon idée ; j'ai rencontré un jeune qui a de l'ambition et à qui je vais sûrement confier son premier chantier. Ce n'est pas un inconnu pour toi, tu ne vois pas ? Un témoin de notre mariage.

– Bernard Marsac ! Mais quand et comment vous êtes-vous rencontrés ? Personne ne m'a rien dit, même pas ma fille !

– Lysiane ne le sait pas encore. Il lui réserve la surprise. Les devis sont à l'étude.

– Après tout, ce n'est pas si mal. Il vaut mieux une entreprise de chez nous, n'est-ce pas, monsieur Sainturbain ?

Le lendemain, le patron de l'Assiette présenta son épouse à l'ensemble du personnel, très surpris. Geneviève leur fit une excellente impression.

L'un des membres du personnel, profitant de l'aubaine, osa la question :

– Nous allons être vendus, monsieur Sainturbain ?

– L'Assiette n'est pas à vendre, je peux vous l'assurer. Par contre, nous lui cherchons un gérant. Voilà la vérité. Vos emplois ne sont pas menacés, j'y veillerai !

Pris de court, le responsable sollicita un entretien qu'il obtint sur-le-champ.

Deux jours plus tard, Lysiane apparut enfin. Frédéric réserva une table au Lapin Bougon, à son nom pour trois personnes, avec l'accord de Lysiane.

Quelle ne fut pas la surprise de Georges Castagnère lorsque Frédéric lui présenta son épouse et sa fille.

– C'est une plaisanterie, je dois rêver ?

– Vous ne rêvez pas, mon cher ami. Tout ça mérite des explications, je vous l'accorde. Mais un jour vous avez embauché Lysiane, un autre jour je suis venu dîner, et c'est ainsi, un peu grâce à vous, que le puzzle de ma vie s'est reconstitué.

Castagnère s'y perdait un peu.

– Vous allez dîner tous les trois, et ensuite nous consacrerons un moment à votre histoire. Mais vous, Lysiane, dites-moi que ce n'est pas un gag ?

– Ce n'est que la stricte vérité, monsieur Georges. Frédéric était mon père, et je l'ignorais.

Pendant le dîner, le projet de la grange fut à l'honneur, ainsi que Bernard Marsac. Lysiane traita son père de faiseur de mystères.

Si le dîner se déroulait le plus naturellement du monde, M. Georges jetait souvent un œil sur cette famille pour le moins étrange, et Lysiane en particulier.

Il vint bientôt les rejoindre, pressé de connaître le secret de Frédéric, toujours convaincu qu'il s'agissait d'un canular. À mesure que les réponses lui venaient, son regard prenait du flou.

– C'est la raison de votre cessation d'activité ?

– Oui ! Je veux retourner chez moi, je ne suis plus seul, je désire me bâtir un autre avenir, j'ai au moins deux raisons pour cela, Geneviève, mon premier amour, et ma fille retrouvée, Lysiane. J'ai du temps à rattraper, Paris est devenu trop grand pour moi. Un jour, vous viendrez aux Colombières, et je vous raconterai, et l'on trinquera au passé, au présent et à l'avenir.

Vous verrez comme le ciel est bleu à Boisset-le-Château !

M. Georges hochait lentement la tête, d'un air pénétré.

– Vous avez eu beaucoup de chance, ambitieux et travailleur comme vous l'avez toujours été, vous réussirez. J'aimerais être à votre place, vous paraissez si heureux…

S'adressant à Lysiane :

– Cette maison de couture, cette griffe pour laquelle vous travailliez tant ?

– Il me faut encore un peu de temps, monsieur Georges, mais j'ai grand espoir ! J'y arriverai !

– Vous êtes entreprenante, c'est magnifique de vous avoir rencontrée et d'avoir travaillé avec vous. Tous mes vœux vous accompagnent.

La semaine passa comme un jour, dans ce Paris où tout, pour Geneviève, restait à découvrir.

Puis Frédéric ramena Geneviève à Boisset-le-Château, le temps d'une autre séparation revenait, hélas !

– Ce sera la dernière, affirma Frédéric, je te le promets, ma chérie.

– Je n'en supporterai pas une autre, mon amour, ajouta-t-elle en caressant les perles de son collier qui ressemblaient à s'y méprendre à celles de son bracelet.

25

Impatients, Mme et M. Sainturbain avaient attendu presque une année la concrétisation du grand projet : LA GRANGE AU FOIN. Combien d'allers et retours entre Les Colombières et Paris ? Ils ne les comptaient plus. L'entreprise Bernard Marsac avait également réalisé un bel exploit avec l'aide de ses sous-traitants : rehaussement d'une partie de l'étage, permettant la création de salles en sous-sol ; réalisation de la partie privée avec cuisine, chambres, sanitaires, et installation d'une cheminée ; chambres d'hôtes dans la partie rehaussée avec en plus, à la demande de Frédéric, une chambre particulière sous les toits face à l'œil-de-bœuf, avec toilettes, salle de bains, de quoi faire bondir Marsac.

Quant à l'agrandissement et les nouvelles ouvertures dans les murs, elles furent l'occasion d'en vérifier la solidité.

Aux Colombières, tous avaient suivi l'événement, et ce n'était qu'un début. L'environnement serait sans doute paysagé à l'automne. Le couple Sainturbain demeurait à la grange ; l'épicerie avait un nouveau gérant.

La grange, méconnaissable, recevait maintenant ses hôtes et ses quatre chambres avaient été réservées pour le mois de juillet.

Le blé mûr ajoutait à ces lieux un charme de carte postale. La moisson qui s'annonçait avait déjà retenu la curiosité des vacanciers. Un logis situé presque au milieu d'un champ de blé, il n'y avait rien de plus symbolique, ce qui donnait à Frédéric quelques soucis quant à son idée de le supprimer, du moins en partie. Il fallait maintenant laisser du temps aux futurs aménagements extérieurs.

L'heure du repas approchait et Frédéric se mit en cuisine.

– Te rends-tu compte, Geneviève, nous sommes installés aux Colombières et nous avons du monde !

– L'épicerie me manque tout de même un peu, susurra Geneviève pour narguer son homme. Je me demande si…

– Vérifie les réserves, nous avons quelques truffades à prévoir, des coqs au vin, des aligots, y a-t-il assez de charcuteries ?

– Nous n'avons pas le droit de pratiquer la restauration, il faudrait s'inscrire à…

– Rien ne nous empêche d'inviter nos locataires à notre table, tout est prévu pour ça, je n'ai pas imaginé notre salle à manger rien que pour le petit déjeuner. Et l'hiver, devant la cheminée, imagine…

– Je n'étais pas si mal dans mon épicerie, minauda-t-elle.

Leurs rires avaient l'éclat de l'amour.

La gérance de l'Assiette Auvergnate avait libéré Frédéric. Le responsable avait réussi à convaincre le patron. Depuis ce jour, Sainturbain avait passé son temps à travailler à la grange nuit et jour, tel un forçat.

Lysiane s'était promise à Bernard Marsac et ouvrirait sa boutique prochainement à Aurillac dans une rue typique du centre-ville. Son projet avait été modifié dans un premier temps. « La retoucherie » se ferait plus tard, mais sa griffe était prête et déposée en bonne et due forme :

LYS DE SAINTURBAIN

COUTURE

Pas une lettre n'avait été changée.

Elle avait parfaitement négocié l'achat de son fonds de commerce et, dans un premier temps, elle serait dépositaire de son employeur précédent. Ayant perçu chez cette jeune femme une dextérité exceptionnelle, il l'approvisionnerait pour débuter. Mais Lysiane, qui avait bien réfléchi à cette intéressante suggestion, exposa ses exigences. Tout vêtement déposé dans sa boutique porterait sa griffe de cette manière : Distribution : LYS DE SAINTURBAIN, en complément des marques.

Face à ces requêtes d'un nouveau genre, ils conclurent un accord pour une année, renouvelable par tacite reconduction.

D'autre part, LYS DE SAINTURBAIN ne commercialiserait que des produits haut de gamme, choisis par elle-même. Exigence pertinente pour une débutante.

La joie jaillissait de partout à la Grange au Foin. Des réservations arrivaient, même de Paris. Frédéric avait laissé là-bas beaucoup d'amis, mais avec seulement quatre chambres d'hôtes, il faisait des mécontents et proposait des séjours décalés dans le temps. Il savait négocier.

Par un dimanche de début juillet, alors que les châtaigniers se parent de perruques blondes et parfumées, Geneviève et Frédéric avaient invité leur fille et son compagnon, Bernard, qui était devenu le quatrième de la famille. Frédéric avait concocté un déjeuner-surprise pour ses enfants – ainsi appelait-il Lysiane et Bernard, qui vivaient ensemble.

Avant de passer à table, les jeunes annoncèrent leur envie de se marier, après des fiançailles proches. Une excellente nouvelle !

Mais Geneviève voulait leur dire quelque chose, et elle piaffait d'impatience.

– Suivez-moi, les enfants, j'ai besoin de votre avis... Frédéric, viens aussi...

Ils débarquèrent tous les quatre dans la chambre à l'œil-de-bœuf, et les jeunes ouvrirent de grands yeux devant la décoration qu'ils découvraient.

– Dis-leur, dit Geneviève.

– Cette chambre est désormais la vôtre, et ne sera jamais occupée que par vous deux ! Geneviève et moi en avons décidé ainsi.

Mais au lieu de montrer sa joie, Lysiane prit un air triste, et tourna lentement le dos.

– Que t'arrive-t-il, ma chérie ? Dis-moi ?

– Vous avez bien dit pour nous deux ?

Les parents firent oui de la tête, ne comprenant rien à cette réaction.

– Cher papa, chère maman, nous ne pouvons pas accepter… parce que, depuis peu, nous sommes trois, dit-elle en appuyant ses deux mains sur son ventre.

Puis son rire éclata, rayonnant… Elle avait bien berné son monde. Sa mère se précipita vers elle, l'enlaça et la couvrit de baisers.

– Tu nous as fait si peur ! Que je suis heureuse, c'est un des plus beaux jours de ma vie !

Frédéric, sous le choc de la nouvelle, embrassa aussi son futur gendre. Ils en oubliaient la surprise, la chambre attendrait, il y avait mieux à faire.

À l'annonce de la nouvelle, Granevas, qui ne s'était pas encore manifesté, s'adressa à Lysiane :

– Quel dommage que Mamatie ne soit pas avec nous aujourd'hui…

Tous pensaient la même chose. Et Granevas ajouta, en s'adressant à son gendre :

– Faudra peut-être que tu arranges un devant de porte bien propre, bien plat, où veux-tu que ce petit apprenne à marcher ?

Geneviève essuya des larmes. Elle se souvenait avoir tant espéré que s'ouvre cette porte secrète, celle donnant sur la tendresse de son cœur. Son père la surprenait si souvent, depuis quelque temps.

Frédéric installa un parasol, sortit les chaises, et les hommes prirent place devant un digestif.

– Tu as quand même fait du bon travail, Frédéric, oui, c'est du bon travail. Cette vieille grange… Jamais je n'aurais imaginé que tu puisses la transformer comme ça. Mais tu as trouvé un entrepreneur de talent.

Il se tourna alors vers Bernard :

– Je suis heureux d'avoir un nouveau petit-fils comme toi, Bernard, dit-il en posant la main sur son bras.

Il faisait bon devant cette « maison », on pouvait l'appeler ainsi aujourd'hui. Les trois hommes, sans mots inutiles, sirotaient leur alcool, et promenaient le regard sur la vie alentour. La campagne leur souriait, les invitait, les remerciait.

Soudain, Marcel Granevas s'endormit et se mit à ronfler. Les autres sourirent un peu, affectueusement. Frédéric prévint Geneviève que Bernard et lui s'en allaient faire un tour.

– Il nous manque un chien, dit Frédéric…

– C'est indispensable à la campagne, répondit Bernard.

C'était la première fois que les deux hommes s'accordaient un moment de détente ensemble, par les chemins des Colombières.

– Je suis heureux d'avoir bientôt un petit-fils, Bernard. Il y a moins de cinq années, j'étais à mille lieues de ce qui m'arrive aujourd'hui. J'ai travaillé comme un fou, mais je ne savais pas ce qu'était le bonheur.

Ils marchaient tranquillement, s'arrêtant parfois devant un arbrisseau, une claie mal fermée, un taillis recouvert de fleurs sauvages, et parfois devant rien, juste comme ça, pour regarder les champs, les prés, et de loin le hameau et ses toitures.

– Lysiane m'a raconté un peu votre vie, juste ce qu'il fallait que je sache. Dans la mienne, il n'y a rien d'extraordinaire, si ce n'est que…

Frédéric regardait l'horizon attentif à sa voix.

– Je n'ai été attiré que par Lysiane, et depuis toujours, même lorsque nous allions à l'école. Mais je ne pouvais pas penser qu'un jour… Je n'ai jamais regardé une autre fille, et si Lysiane n'avait pas voulu de moi, le célibat m'aurait accompagné jusqu'au bout de ma vie, c'est ridicule mais c'est vrai. Aujourd'hui, je suis un homme heureux. Quelque part, peut-être qu'on se ressemble par certains côtés. Vous ne croyez pas ?

Le sourire de Frédéric fut sa réponse.

– Le bonheur, vois-tu, n'est jamais si loin que l'on croit, il faut simplement prendre le temps de le regarder en face.

Au bourg de Boisset-le-Château, un groupe de promeneuses déambulait sur la place de l'église, près de Jean-Baptiste Brayat, le souriant poète.

En quête de renseignements, elles accostèrent des gens du pays :

– Auriez-vous la gentillesse de nous indiquer où se trouve La grange du bonheur, s'il vous plaît ?

– Vous voyez, là-bas, au bout de la rue, il y a un panneau : LA GRANGE AU FOIN, c'est la même chose, répondit la vieille dame sans sourciller. Prenez cette direction, elle vous y conduira !

Épilogue

Il y aura toujours ceux qui, à peine nés, sont confiés au vent du hasard, dans l'incertitude d'une corbeille d'osier, et qui auront une revanche à prendre.

Mais leur chemin existe quelque part, il leur faudra seulement y croire, l'amour se chargera de le leur faire découvrir, et de l'éclairer.

Alors oui, un jour, à un détour de ce chemin secret, comme il sera bon de la dénicher, cette Grange du bonheur. Et de la transmettre intacte, malgré la rigueur du temps.

DU MÊME AUTEUR

Aux Éditions Albin Michel

LA NOISETIÈRE, 1998, prix Lucien-Gachon 2000.

LE MOULIN DES RÊVES, 2000, prix de Terroir Rosine-Perrier Hermillon 2001, prix du Terroir Cosne/Loire 2002.

L'ENFANCE INACHEVÉE, 2001.

LA VALLÉE D'ÉMERAUDE, 2003.

UN FILS POUR MES TERRES, 2004.

LES TROIS MARCHES, 2005.

LES CHEMINS DE LA COMMUNALE, 2007, prix Littéraire 2008 : www.salondulivre.net.

LE JARDIN DE LOUISE, 2008.

UNE POIGNÉE DE BLÉ, 2009.

Chez d'autres éditeurs

LE SOLEIL DE MONÉDIÈRE, Éditions de Borée, 1994, prix du Roman d'Auvergne 1994.

LA DERNIÈRE ESTIVE, Éditions de Borée, 1997.

LA FILLE DES EAUX VIVES, Éditions de l'Archipel, 2007.

Composition IGS CP
Impression : Imprimerie Floch, octobre 2010
Éditions Albin Michel
22, rue Huyghens, 75014 Paris
www.albin-michel.fr

ISBN 978-2-226-21858-2
N° d'édition : 19443/01 – N° d'impression : 77779
Dépôt légal : novembre 2010
Imprimé en France.